{ PRIMEIROS
CONTOS DE

TRUMAN CAPOTE

{ PRIMEIROS
CONTOS DE

TRUMAN CAPOTE

Tradução
CLÓVIS MARQUES

1ª edição

JO JOSÉ
OLYMPIO

2016

Copyright © 2015 by The Truman Capote Literary Trust.
Prefácio © 2015 by Hilton Als.
Notas biográficas © 1993 by Random House, Inc.

Capa
Ana Bahia

Fotos de capa
Graphic House / Equipa
ullstein bild / Getty Images

CIP-BRASIL. CATALOGAÇÃO NA PUBLICAÇÃO
SINDICATO NACIONAL DOS EDITORES DE LIVROS, RJ

Capote, Truman, 1924-1984
C246p   As primeiras histórias / Truman Capote; tradução Clóvis Marques.
– 1ª ed. – Rio de Janeiro: José Olympio, 2016.

Tradução de: The early stories of Truman Capote
SBN 978-85-03-01271-3

Conto americano. I. Marques, Clóvis. II. Título.

CDD: 813
15-29133   CDU: 821.111(73)-3

Este livro foi revisado segundo o novo Acordo Ortográfico da Língua Portuguesa.

Todos os direitos reservados. Proibida a reprodução, armazenamento ou
transmissão de partes deste livro, através de quaisquer meios, sem prévia
autorização por escrito.

Reservam-se os direitos desta tradução à
EDITORA JOSÉ OLYMPIO LTDA.
Rua Argentina, 171 – 3º andar – São Cristóvão
20921-380 – Rio de Janeiro, RJ Tel.: (21) 2585-2060

Seja um leitor preferencial Record.
Cadastre-se e receba informações sobre nossos lançamentos e promoções.

Atendimento e venda direta ao leitor:
mdireto@record.com.br ou (21) 2585-2002

Impresso no Brasil
2016

Sumário

Prefácio de Hilton Als	7
Despedida	21
A Loja do Moinho	31
Hilda	39
Senhorita Belle Rankin	47
Se eu te esquecer	57
A mariposa no fogo	63
Terror no pântano	69
O estranho íntimo	79
Louise	85
Isto é para Jamie	95
Lucy	109
O trânsito para o Oeste	115
Almas gêmeas	127
Onde o mundo começa	139
Posfácio	147
Nota biográfica	153
Sobre o Truman Capote Literary Trust	157

Prefácio

Hilton Als

Truman Capote está de pé no meio do quarto de hotel vendo TV. O hotel fica bem no meio do país, no Kansas. Estamos em 1963. O carpete ordinário sob seus pés é rígido, mas essa rigidez ajuda a sustentá-lo — especialmente quando já bebeu muito. O vento do oeste sopra lá fora, e Truman Capote, com um copo de uísque na mão, assiste à televisão. É uma das formas de relaxar depois de um longo dia em Garden City e imediações, enquanto pesquisa e escreve *A sangue frio*, reportagem ficcional sobre um múltiplo assassinato e suas consequências. Capote começou a trabalhar no livro em 1959, mas a princípio não faria um livro e, sim, um artigo para a revista *The New Yorker*. Na concepção inicial do autor, o texto descreveria uma pequena comunidade e sua reação a um assassinato. Mas quando chegou a Garden City — os crimes tinham sido cometidos na localidade próxima de Holcomb —, Perry Smith e Richard Hickock tinham sido presos e acusados do assassinato dos fazendeiros Herbert Klutter e sua mulher, além dos filhos pequenos, Nancy e Kenyon; em consequência dessa detenção, Capote mudou o foco do seu projeto e passou a se envolver mais. Naquele fim de tarde, contudo, *A sangue frio* ainda levaria cerca de dois anos para ser concluído. Estamos em 1963, e Truman Capote está de pé diante da TV. Tem quase 40 anos e pode ser considerado um escritor praticamente desde sempre. Palavras, histórias, relatos — vive neste mundo desde a infância, tendo crescido na Louisiana e na região rural do Alabama e, depois, em Connecticut e Nova York — um cidadão formado por um mundo dividido e por culturas opostas: no Sul, de onde vinha, ainda havia a segregação; no Norte, pelo menos se falava em assimilação. Mas nos dois lugares havia sua intratável excentricidade. E a excentricidade de ser um escritor. "Comecei a escrever quando tinha oito anos", disse Capote certa vez. "Assim, do nada, sem qualquer exemplo a seguir. Não conhecia ninguém que escrevesse; na verdade, conhecia poucas pessoas que soubessem ler." Escrever, portanto, era uma característica sua, assim como a homossexualidade — ou, mais especificamente, a sua sensibilidade homossexual, que era militante, crítica e divertida. Uma serviria à outra. "O que eu escrevi de mais interessante naquela época", diria Capote, referindo-se aos anos de garoto prodígio, "foram as simples observações cotidianas que registrava no meu diário. Descrições de um vizinho. [...] Fofocas locais. Uma espécie de reportagem, certa maneira de 'ver' e 'ouvir' que mais tarde me influenciaria fortemente, embora na época eu não tivesse consciência, pois os meus textos 'formais', os que eu datilografava cuidadosamente para publicar, eram mais ou menos ficcionais." Mas é esse olhar de repórter dos primeiros contos de Capote, aqui reunidos pela primeira vez, que se destaca como uma das características mais pungentes da obra do autor — juntamente com sua atenta descrição da diferença. Como o trecho a seguir de "Senhorita Belle Rankin", história de uma desajustada numa pequena cidade do Sul, escrita quando Capote tinha 17 anos:

> Eu tinha oito anos quando vi a senhorita Belle Rankin pela primeira vez. Era um dia quente de agosto. O sol desaparecia no céu rajado de vermelho, e o calor subia seco e vibrante do solo.
>
> Eu estava sentado nos degraus da varanda da frente, vendo uma negra se aproximar e me perguntando como era capaz de carregar aquela gigantesca trouxa de roupa na cabeça. Ela parou e, respondendo ao meu cumprimento, riu aquele riso negro profundo e arrastado. Foi então que a senhorita Belle veio descendo lentamente o outro lado da rua. [...]
>
> Eu voltaria a vê-la muitas vezes, mas aquela primeira visão, quase como um sonho, ficará na lembrança como a mais nítida — a senhorita Belle descendo em silêncio a rua e pequenas nuvens de poeira vermelha subindo ao redor dos pés enquanto ela desaparecia no lusco-fusco.

Logo voltaremos a essa negra e à relação de Capote com a condição do negro no início de sua carreira. Por enquanto, vamos encarar essa negra como uma ficção real da época e do lugar de origem do autor, espécie de doloroso artefato literário ou "sombra" negra, no dizer de Toni

Morrison, que assumiria muitas formas em romances de escritores brancos que foram pesos pesados na época da Depressão, como Hemingway, Faulkner e Willa Cather, tão admirada por Capote. Quando a negra aparece em "Senhorita Belle Rankin", o narrador de Capote, sem dúvida diferente dela, chama a atenção para o seu "riso negro arrastado" e para o fato de se assustar com facilidade: pelo menos *disso* ele está livre por ser branco. "Lucy", de 1941, é contado do ponto de vista de outro jovem protagonista masculino branco. Desta vez, contudo, ele tenta se identificar com uma negra que é tratada como uma propriedade. Escreve Capote:

> Lucy era realmente o produto do amor de minha mãe pela culinária sulista. Eu estava passando o verão no Sul quando minha mãe escreveu à minha tia pedindo que encontrasse uma mulher de cor que soubesse cozinhar de verdade e estivesse disposta a vir para Nova York. Depois de explorado o território, o resultado foi Lucy.

Lucy é alegre e gosta tanto do mundo do espetáculo quanto o seu jovem companheiro branco. Na verdade, ela gosta de imitar as cantoras — entre outras Ethel Waters — que agradam aos dois. Mas não estaria Lucy — e talvez Ethel? — adotando um tipo de comportamento feminino negro que agrada por ser bem conhecido? Lucy nunca é ela mesma porque Capote não lhe confere uma identidade. Ainda assim, existe o anseio por um tipo de temperamento, uma alma e um corpo que se unam àquilo que o jovem escritor está realmente observando, e que também vem a ser um dos seus grandes temas: a marginalidade. Mais do que a raça de Lucy, conta a sua condição de sulista num clima frio — um clima com o qual se identifica o narrador, com toda evidência um menino solitário, exatamente como era Capote, filho único de mãe alcoólatra. Apesar disso, o criador de Lucy não pode torná-la real porque o seu próprio sentimento de diferença não é real para ele — ele deseja apenas compreendê-lo. (Em um texto de 1979, Capote escreve a seu próprio respeito tal como era em 1932: "Eu tinha um segredo, algo que me incomodava, uma coisa que de fato me preocupava muito, que eu tinha medo de contar para as pessoas, para *qualquer* pessoa — nem podia imaginar qual seria a reação dos outros, era algo muito estranho que estava me preocupando, que me preocupava havia quase dois anos." Capote queria ser menina. E quando ele o confessa a alguém que considerava ser capaz de ajudá-lo a conseguir o que queria, esta pessoa ri.) Em "Lucy" e em outros textos, o sentimento serve para vetar sua aguda visão original; Lucy é parte do desejo de Capote de fazer parte de uma comunidade, tanto a literária quanto uma concreta: ao escrever o conto, ele ainda não era capaz de abrir mão do mundo branco; não podia trocar a maioria pelo isolamento que acompanha todo artista. "Tráfego para oeste" foi um passo na direção certa ou uma prévia do seu estilo maduro. Composto por uma série de cenas breves, o conto é uma espécie de história de mistério sobre a fé e a lei. Começa assim:

Quatro cadeiras e uma mesa. Na mesa, papel — nas cadeiras, homens. Janelas dando para a rua. Na rua, gente — batendo nas janelas, chuva. Talvez fosse uma abstração, apenas uma imagem pintada, só que havia pessoas, inocentes, despreocupadas, que se movimentavam lá embaixo e a chuva que molhava a janela.

Como os homens não se mexiam, o documento legal, preciso, sobre a mesa, não se movia.

O olhar cinematográfico de Capote — que se deixou influenciar tanto pelo cinema quanto pelos livros e pelas conversas — se aprimorou bastante enquanto ele produzia esses trabalhos de aprendiz, cujo valor, essencialmente, está na possibilidade de observar aonde o levariam, tecnicamente, contos como "Tráfego para oeste". Certamente este conto o ajudou a criar "Miriam", incrível narrativa sobre uma mulher de idade perseguida numa alienante Nova York coberta de neve. (Capote publicou "Miriam" quando tinha apenas vinte anos.) E, naturalmente, histórias como esta levaram a outras narrativas inspiradas pelo cinema, como, na década de 1950, "Um violão de diamante", que por sua vez prenuncia os temas explorados com tanto brilhantismo por Capote em *A sangue frio* e em seu texto de 1979, "E então tudo desmoronou", sobre Bobby Beausoleil, colaborador de Charles Manson. E assim por diante. Escrevendo e trabalhando duro, Capote, com seu espírito de criança abandonada, sem endereço fixo, encontrou seu foco, ou talvez sua missão: articular tudo aquilo que suas circunstâncias e a sociedade até então não haviam descrito, especialmente a transitoriedade, e os momentos de amor heterossexual ou homoerotismo secreto e calado que distanciavam as pessoas umas das outras. No comovente "Se eu te esquecer", uma mulher espera o amor, ou as ilusões do amor, não obstante a realidade da situação. O conto é subjetivo; e o amor frustrado sempre o é. Capote volta a explorar as oportunidades perdidas e o amor frustrado do ponto de vista de uma mulher em "O estranho íntimo". Nele, uma mulher branca de mais idade, Nannie, sonha com um visitante masculino ao mesmo tempo solícito e ameaçador, como pode parecer às vezes o sexo. Como a narradora em primeira pessoa do magistral conto de 1930 "A rejeição da vovó Weatherall", de Katherine Anne Porter, a dureza de Nannie — sua voz queixosa — resulta do fato de ter sido rejeitada, enganada pelo amor, e da vulnerabilidade que ele requer. O ceticismo desenvolvido então por Nannie se espalha pelo mundo — sendo o seu mundo, basicamente, sua empregada negra, Beulah.

Beulah está sempre presente — apoiando, receptiva —, mas não tem um rosto nem um corpo: é um sentimento, e não uma pessoa. Mais uma vez, aqui, Capote fica aquém de seu talento quando se trata da questão racial; Beulah não é uma criação baseada na verdade, mas a ficção da raça, o que uma mulher negra é, ou representa.

Apressamo-nos a desviar o olhar de Beulah na direção de outras obras de Capote em que se manifesta seu brilhante senso da realidade na ficção, traço que confere à obra sua ressonância especial. Quando Capote começou a publicar seus trabalhos de não ficção, do meio para o fim da década de 1940, os autores de ficção raramente ou nunca cruzavam a fronteira em direção ao jornalismo — considerada uma forma menor, não obstante sua importância para alguns dos primeiros mestres do romance inglês, como Daniel Defoe e Charles Dickens, que começaram como repórteres. (O incômodo e profundo *Robinson Crusoé*, de Defoe, inspirava-se em parte no diário de um explorador, e Dickens, em sua obra-prima de 1852, *A casa abandonada* (*Bleak House*), alterna narração subjetiva na primeira pessoa e relatos de caráter jornalístico na terceira pessoa sobre o direito e a sociedade na Inglaterra.) Em suma, era raro que um ficcionista moderno abrisse mão de sua relativa liberdade em troca das exigências do jornalismo, mas creio que Capote sempre gostou da tensão inerente às trapaças com a verdade. Sempre quis elevar a realidade acima da banalidade dos fatos. (Em seu primeiro romance, *Outras vozes, outros lugares*, de 1948, o protagonista, Joel Harrison Knox, reconhece em si esse impulso. Ao apanhá-lo mentindo, a criada negra Missouri diz: "Tu é um grande contador de história." Capote então acrescenta: "No impulso de contar, Joel acabou acreditando no que dizia.")

Mais tarde, no "Autorretrato" de 1972, encontramos o seguinte:

P: Você é uma pessoa verdadeira?

R: Como escritor, sim — acho que sim. Na vida privada, bem, é uma questão de opinião; alguns amigos acham que tendo a modificar e exagerar quando relato um acontecimento ou uma notícia. De minha parte, considero apenas que estou tornando algo "vívido". Em outras palavras, uma forma de arte. Arte e verdade não são necessariamente compatíveis.

Em seus maravilhosos livros iniciais de não ficção — *Cor local*, de 1950, e o estranho e hilariante *As musas são ouvidas*, de 1956, que trata de uma companhia de atores negros que apresentava *Porgy and Bess* na Moscou da era comunista e as reações às vezes racistas dos russos —, o escritor usava acontecimentos factuais como trampolim para sua meditação em torno da questão da marginalidade. A maior parte da sua obra posterior de não ficção também giraria em torno de marginais — vagabundos e proletários tentando chegar lá num mundo adverso. Em "Terror no pântano" e "A loja do moinho", ambos do início da década de 1940, o universo interiorano descrito por Capote tem contornos políticos. Ambos os contos transcorrem em mundos limitados pelo machismo e a pobreza, pela confusão e a vergonha por eles gerados. Esses textos constituem a "sombra" de *Outras vozes, outros lugares*, livro que pode ser lido como um relato do terreno emocional e racial que contribuiu para a formação do autor. (Capote afirmava que o livro marcava o término da primeira fase de sua vida de escritor. Também é um marco da literatura "marginal". Basicamente, o romance pergunta o que é a diferença. Numa das cenas, Knox ouve uma menina falar sem parar do desejo de sua irmã masculinizada de ser fazendeira. "E o que há de errado nisso?", pergunta Joel. Com efeito, o que *poderia* haver de errado? Ou em tudo isso?). Em *Outras vozes, outros lugares*, obra impregnada do intenso simbolismo e dramaticidade do gótico sulista, conhecemos Missouri, ou Zoo, como ela às vezes é chamada. Ao contrário de suas antecessoras literárias, ela não aceita levar a vida à sombra, limpando urinóis e tendo de aturar um bando de brancos brigões na casa de loucos de Capote. Mas Zoo não tem como se libertar; seu caminho para a liberdade é interceptado pelo machismo, pela ignorância e pela brutalidade que são descritos pelo autor com tanta vivacidade em "Terror no pântano" e "A loja do moinho": depois de fugir, ela é obrigada a retomar a vida anterior. Joel então pergunta se ela conseguiu chegar até o norte para ver a neve. Zoo responde aos berros: "Não tem nada disso! Que grande bobagem essa história de neve e tudo mais: só pecado! Pra todo lado!... É um sol de negro. E, pela minha alma, ele é preto." Ela foi estuprada e queimada, e os agressores eram brancos. Embora Capote afirmasse não ser uma pessoa politizada ("Eu nunca votei. Mas se fosse convidado, acho que poderia aderir a qualquer manifestação de protesto: contra a guerra, libertem Angela Davis, liberação gay, liberação feminina etc."), a política sempre fez parte de sua vida, pois ele tinha a alma marginal e precisava sobreviver, o que significa saber como usar a própria diferença, e conhecer os motivos. Como artista, Truman Capote encarava a verdade como uma metáfora por trás da qual se esconder, para melhor expor-se num mundo não exatamente receptivo a uma boneca sulista de voz aguda, que certa vez disse a um motorista de caminhão de olhar reprovador: "O que você está olhando? Nem por um dólar eu o beijaria." Desse modo, ele dava a seus leitores, gays ou não, marginais ou não, o direito de visualizar seu eu real numa situação real — no Kansas, pesquisando para escrever *A sangue frio* — e vendo TV, pois é interessante imaginá-lo, quem sabe, absorvendo o noticiário da época e tomando conhecimento, por exemplo, da história das quatro meninas negras do Alabama, um dos seus estados de origem, violentamente atacadas numa igreja pelo racismo e a maldade, e talvez se perguntar se não poderia, como autor de *Bonequinha de luxo*, de 1958, escrever uma cena com Holly Golightly, a estrela do livro, pedindo um cigarro e comentando: "Mas estou me referindo a você, O. J. Você é nojento demais. Sempre baba na guimba."[1] A melhor ficção de Capote é fiel à sua excentricidade, mostrando-se menos convincente quando ele não segue o modo de ser do

---

[1] Em inglês, a expressão pejorativa para reclamar que o cigarro ficou molhado com a saliva do fumante é *"nigger lipping"*, algo como "deixando a marca de lábios de negro". [*N. T.*]

único modelo masculino que provavelmente conheceu quando crescia na Louisiana e no Alabama: uma boneca melancólica, cínica, nostálgica e afetada chamada Primo Randolph, que "entende" Zoo porque a realidade dela não interfere no *seu* narcisismo — pelo menos, ele não era *daquele jeito*. Escrevendo no seu tempo e a respeito do seu tempo, Capote transcendeu a ambos ao se tornar um artista, e um artista que prenunciou nossa época, ao retratar a verdade no nascedouro.

Hilton Als é redator da revista *The New Yorker* e também colabora no *New York Review of Books*. Publicou *The Women* e *White Girls*. Mora em Nova York.

Primeiros contos de Truman Capote

Despedida

Era o crepúsculo; as luzes da cidade ao longe começavam a pipocar; duas figuras vinham pela estrada quente e poeirenta que saía da cidade, uma delas era um sujeito grande e forte, a outra, um jovem e delicado. Uma flamejante cabeleira ruiva emoldurava o rosto de Jake, as sobrancelhas dele pareciam chifres, os músculos saltavam, ameaçadores; tinha o macacão desbotado e esfarrapado, e os dedos dos pés saíam por buracos nos sapatos. Ele se virou para o rapaz que caminhava a seu lado e disse:

— Acho que está na hora de levantar acampamento para esta noite. Vamos, garoto, coloque este saco ali; depois vá juntar lenha... e vê se não demora. Quero tudo pronto antes de escurecer. Não podemos ser vistos por ninguém. Vá logo.

Tim obedeceu e começou a juntar lenha. Seus ombros magros se curvavam com o esforço e nos traços esqueléticos sobressaíam os ossos salientes. Tinha os olhos tristes, mas simpáticos; a boca em forma de botão de rosa se contraía levemente ao executar a tarefa.

Metodicamente ele empilhou a madeira enquanto Jake cortava o bacon em tiras, jogando-as numa frigideira untada de gordura. Quando a lenha estava pronta para ser usada, ele procurou os fósforos no macacão.

— Diabos, onde foi que botei esses fósforos? Onde é que estão, você não ficou com eles, ficou, garoto? Besteira, não podia ser mesmo; ah, aqui estão. — Ele tirou os fósforos de um dos bolsos, acendeu um deles e protegeu a minúscula chama com as mãos rudes.

Tim colocou a frigideira com o bacon sobre o fogo que rapidamente se propagava. O bacon ficou parado por mais ou menos um minuto, até que começou um ligeiro ruído crepitante, e ele estava fritando. Um cheiro dos mais repugnantes emanava da carne. O rosto doentio de Tim ficou ainda mais nauseado com a fumaça.

— Puxa, Jake, não sei se posso comer essa porcaria. Não parece nada bom. Acho que está estragado.

— É isto ou nada. Se você não tivesse sido tão miserável com aquele trocado que arranjou, podíamos ter conseguido algo decente para comer. Caramba, guri, você descolou dez paus! Nem para voltar para casa precisa de tanto dinheiro.

— Precisa sim, eu já me informei. A passagem de trem vai custar cinco paus, e eu quero comprar um paletó novo que custa uns três, e também quero arrumar algo bonito pra minha Mãe, que vai custar um dólar mais ou menos; e acho que minha comida vai custar mais um. Quero ficar com uma aparência decente. A Mãe e o pessoal não sabem que fico vagabundeando pelo país há dois anos; acham que sou caixeiro viajante — foi o que escrevi contando; eles acham que estou voltando por um tempo antes de fazer outra viagem.

— Eu devia pegar pra mim esse dinheiro, estou com uma fome daquelas; bem que eu podia ficar com todo esse trocado.

Tim levantou-se, desafiador. Seu corpo débil e frágil era uma piada comparado aos músculos salientes de Jake. Jake olhou para ele e riu. Recostou-se numa árvore e rugiu.

— Coisinha mais linda! Se eu quisesse podia torcer você todinho! Quebrar cada ossinho do seu corpo, só que você tem sido muito útil, roubando pra mim e tudo mais, então vou deixar que fique com o seu dinheirinho.

Começou a rir de novo. Tim olhou para ele desconfiado e voltou a sentar sobre uma pedra.

Jake pegou dois pratos finos numa mochila, botou três fatias do bacon estragado no seu e uma no de Tim. Tim olhou para ele.

— Cadê meu outro pedaço? Eram quatro fatias. São duas pra você e duas pra mim. Cadê o outro pedaço? — exigiu.

Jake olhou para ele.

— Achei que você tinha dito que não queria essa carne estragada. — Disse essas últimas palavras numa voz aguda e feminina coberta de sarcasmo e colocou as mãos nas cadeiras.

Tim lembrou que tinha mesmo dito aquilo, mas estava com fome, com fome e frio.

— Não importa. Quero meu outro pedaço. Estou com fome. Seria capaz de comer qualquer coisa. Vamos, Jake, me dá o outro pedaço.

Jake riu e enfiou as três fatias na boca.

Não disseram nem mais uma palavra. Tim foi para um canto de mau humor e começou a catar galhos de pinheiro onde estava sentado, perfilando-os metodicamente no chão. Por fim, quando terminou esse trabalho, não aguentava mais a tensão daquele silêncio.

— Desculpe, Jake, sabe como é. Estou empolgado com a volta para casa e tudo mais. E também estou mesmo com muita fome, mas, caramba, acho que não posso mais fazer nada, agora só me resta apertar o cinto.

— Droga nenhuma! Você poderia pegar um pouco dessa grana e comprar comida decente pra gente. Eu sei o que você está pensando. Por que não roubamos comida? Mas que inferno, não quero que ninguém me apanhe roubando nada por aqui. Uns amigos me disseram que este lugar — e apontou na direção das luzes que indicavam a presença de uma cidade — é um dos lugarejos com mais valentões deste fim de mundo. Ficam de olho nos vagabundos que nem águia.

— Deve ser, mas sabe como é, não estou aqui pra perder nada dessa grana. Ela vai ter que durar, pois é a única coisa que tenho e tudo que vou conseguir juntar nos próximos anos. Por nada neste mundo quero decepcionar Mamãe.

A manhã chegou gloriosa, o enorme disco laranja conhecido como sol surgiu como um mensageiro do céu no horizonte distante. Tim acordara bem a tempo de ver o sol nascer.

Ele sacudiu Jake, que deu um pulo, perguntando:

— O que foi? Ah! Hora de acordar. Mas que droga, detesto acordar!

Bocejou, então, com força e espreguiçou os braços poderosos o mais longe que pôde.

— Tá na cara que vai fazer um calorão, Jake. Muito bom saber que não vou precisar andar. Quer dizer, só até a estação de trem lá naquela cidade.

— Isso aí, garoto. E eu? Não tenho pra ónde ir, mas vou até lá, caminhando debaixo do sol quente. Bem que poderia ser sempre como o início da primavera, nem muito quente, nem muito frio. Eu suo em bicas no verão e congelo no inverno. Um clima dos infernos! Acho que seria uma boa ir para a Flórida no inverno, mas lá já não dá mais para surrupiar nada hoje em dia.

Ele deu alguns passos e começou a apanhar de novo os utensílios de fritura. Meteu a mão na mochila e pegou um balde.

— Olha só, garoto, vai até aquela fazenda que fica a quase meio quilômetro pela estrada e pega um bocado d'água.

Tim pegou o balde e tomou a estrada.

— Ei, guri, não vai levar o casaco? Não tem medo de que eu roube sua grana?

— Não mesmo. Sei que posso confiar em você.

Mas bem lá no fundo ele sabia que não podia. Só não voltara porque não queria que Jake soubesse que não confiava nele. E provavelmente Jake já sabia de qualquer maneira.

Na estrada, o caminho era difícil. Não tinha pavimentação e até nas primeiras horas da manhã a poeira já grudava na pessoa. A casa branca ficava só um pouco adiante. Ao chegar ao portão, ele viu o dono saindo do curral das vacas com um balde na mão.

— Ei, moço, será que posso encher este balde d'água?

— Claro. A bomba está ali.

Ele apontou o dedo sujo para uma bomba no pátio. Tim entrou. Pegou a alavanca e a puxou para cima e para baixo. De repente, começou a sair um jato de água fria. Ele se abaixou e botou a boca no cano, deixando o líquido frio matar a sede e molhar o rosto. Depois de encher o balde, pegou a estrada de volta.

Cortou caminho pelo mato e chegou de novo à clareira. Jake estava inclinado sobre a mochila.

— Caramba, não tem mais nada pra comer. Achei que ainda ia sobrar uma ou duas fatias de bacon.

— Ora, tudo bem. Quando chegar à cidade vou fazer uma refeição completa — e pode ser que até te pague um café com bolinho.

— Puxa, como você é generoso! — Jake olhou para ele enojado.

Tim pegou o casaco e meteu a mão no bolso. Apanhou uma carteira de couro puída e abriu o fecho.

— Vou pegar o dinheiro que vai me levar para casa.

— Repetiu a frase várias vezes, acariciando a carteira.

Depois a abriu. E trouxe a mão de volta: vazia. Foi então tomado por uma expressão de horror e descrença.

Rasgou violentamente a carteira e saiu correndo, procurando por entre as folhas pontiagudas dos pinheiros. Corria furiosamente sem rumo, como um animal enjaulado — até que viu Jake. Seu pequeno corpo franzino tremeu de fúria. Voltou-se indignado pra ele.

— Devolve meu dinheiro, seu ladrão, mentiroso, você me roubou! Vai morrer se não devolver. Devolve, vai! Vou te matar! Você prometeu que não roubaria. Ladrão, mentiroso, trapaceiro! Devolve, ou eu vou te matar.

Jake olhou para ele espantado e disse:

— Puxa, Tim, meu garoto, não está comigo, não. Talvez você tenha perdido, talvez ainda esteja no meio dos pinheiros. Venha, a gente vai encontrar.

— Não, não está lá. Já olhei. Você roubou. Ninguém mais podia ter pegado. Foi você. Onde é que botou? Devolve, vai, está com você... me devolve!

— Juro que não está comigo. Juro por todos os meus princípios.

— Você não tem princípios. Jake, olha bem nos meus olhos e diz que você espera morrer se não estiver com meu dinheiro.

Jake deu meia-volta. Sua cabeleira ruiva estava ainda mais vermelha à luz intensa da manhã, as sobrancelhas, ainda mais parecidas com espinhos. O queixo com a barba crescida se projetava, e os dentes amarelos apareciam na extremidade da boca torcida para cima.

— Juro que não estou com seus dez paus. Se não estiver dizendo a verdade, quero morrer da próxima vez que andar de pingente no trem.

— Tá bem, Jake, eu acredito. Mas cadê meu dinheiro? Você sabe que comigo não está. Se não está com você, cadê ele?

— Você ainda não procurou pelo acampamento. Olha bem. Só pode estar em algum lugar por aí. Vamos, eu te ajudo. Ele não fugiu sozinho.

Tim saiu correndo nervoso, repetindo:

— E se eu não achar? Não posso voltar para casa, não posso voltar para casa desse jeito.

Jake ajudou na busca meio sem vontade, inclinando seu corpo robusto para procurar por entre as folhas pontiagudas e na mochila. Tim tirou a roupa e ficou nu em pleno campo, rasgando as costuras do macacão em busca do dinheiro.

À beira das lágrimas, sentou-se num tronco.

— Não adianta. Não está aqui. Não está em lugar nenhum. Não posso voltar para casa e eu quero ir para casa. Oh! O que minha Mãe vai dizer? Por favor, Jake, não está com você?

— Caramba, pela última vez, NÃO! Da próxima vez que perguntar vou te dar muita porrada.

— Tudo bem, Jake, acho que ainda vou ter de vaga-bundear por aí com você algum tempo — até conseguir dinheiro para voltar para casa — posso escrever um cartão pra Mãe dizendo que já me mandaram em outra viagem e que só volto para uma visita mais tarde.

— Nem quero nem pensar em sair por aí de novo com você. Estou de saco cheio de garotos como você. Vai ter de se virar sozinho e descolar seus próprios golpes.

28

Jake pensou com seus botões: "Quero que o garoto venha comigo, mas não deveria fazer isso. Talvez se o deixar sozinho ele tome jeito, volte para casa e cuide da própria vida. É o que precisa fazer, voltar para casa e dizer a verdade."

Os dois sentaram num pedaço de tronco. Por fim, Jake falou:

— Garoto, se vai embora, é melhor ir logo. Vamos, levante-se, já são umas sete horas, está na hora.

Tim pegou a mochila e os dois se encaminharam para a estrada. A figura imponente de Jake tinha um ar paternal ao lado de Tim. Parecia que estava protegendo uma criancinha. Chegaram à estrada e se encararam para a despedida.

Jake olhou nos olhos azuis marejados de Tim.

— Bom, até mais, guri, vamos apertar as mãos e nos separar como amigos.

Tim estendeu a mão minúscula. Jake envolveu-a com a pata. Apertou-a com vontade — o garoto deixou que a mão fosse levada, frouxa. Jake a soltou — e o garoto sentiu algo na mão. Abriu-a e lá estava a nota de dez dólares. Jake saiu correndo e Tim foi atrás. Talvez fosse apenas o reflexo da luz do sol nos olhos — mas talvez — talvez fossem lágrimas mesmo.

A LOJA DO MOINHO

A mulher olhou pela janela dos fundos da Loja do Moinho, a atenção toda voltada para as crianças que brincavam, alegres, na água fresca do regato. O céu estava completamente sem nuvens e o sol meridional batia quente na terra. A mulher secou o suor da testa com um lenço vermelho. A água, correndo célere sobre os seixos brilhantes do fundo do riacho, parecia fria e convidativa. Se aquela gente não estivesse ali fazendo piquenique, pensou, juro que ia até lá me refrescar nessa água. Ufa!

Quase todo sábado alguns grupos vinham da cidade fazer piqueniques e passavam a tarde em seus banquetes sobre os seixos brancos das margens do riacho do Moinho, enquanto os filhos brincavam nas águas relativamente rasas. Nessa tarde, um sábado no fim de agosto, havia um grupo da Escola dominical fazendo um piquenique. Três mulheres idosas, professoras da escola dominical, se agitavam à sombra das árvores, zelosas no cuidado com seus pequenos protegidos.

Contemplando da Loja do Moinho, a mulher direcionou o olhar para o interior comparativamente escuro da loja, em busca de um maço de cigarros. Era uma mulher alta, morena e queimada de sol. A espessa cabeleira negra era curta. Estava usando um vestido barato de chita. Ao acender o cigarro, a fumaça a fez franzir as sobrancelhas. Torceu a boca e fez uma careta. Era o único problema com a porcaria do cigarro: ele fazia doer as feridas da boca. Ela aspirou profundamente, e a sucção amainou por um instante a dor das úlceras.

Deve ser a água, pensou. Não estou acostumada a tomar essa água do poço. Ela só chegara à cidade três semanas antes, em busca de emprego. O sr. Benson lhe dera o emprego, uma chance de trabalhar na Loja do Moinho. Mas não gostava dali. Eram oito quilômetros até a cidade, e ela não era exatamente *propensa* a caminhadas. Tudo era muito parado e à noite, ouvindo o canto dos grilos e o coaxar solitário do sapo-boi, ela sentia um "frio na espinha".

Deu uma olhada no despertador barato. Eram três e meia, a hora mais solitária e interminável do dia para ela. A loja era um lugar abafado, cheirando a querosene, farinha de milho fresca e doces velhos. Afastou-se da janela. O sol do meio da tarde de agosto queimava no céu.

A loja ficava sobre um banco íngreme de argila vermelha bem junto ao riacho. De um dos lados ficava um grande moinho decadente que não era usado havia seis ou sete anos. Uma frágil barragem de madeira cinzenta continha as águas acumuladas do riacho, que corria pelo bosque como uma fita verde opalescente. Os visitantes que faziam o piquenique tinham de pagar um dólar para a loja para usar o terreno e pescar no lago acima da represa.

Um dia ela fora pescar no lago, mas só conseguira pegar dois bagres magros e ossudos e duas cobras-d'água. Tinha gritado muito ao pescar as cobras que retorciam seus corpos viscosos e reluzentes ao sol, com as bocas venenosas e brancas presas ao anzol. Depois da segunda, ela largara a vara e a linha, correndo de volta à loja e passando o resto daquele dia úmido a se consolar com revistas de cinema e uma garrafa de uísque.

Lembrou-se do episódio ao contemplar as crianças chapinhando na água. Achou certa graça, mas ainda assim tinha medo daqueles bichos pegajosos.

De repente, uma voz tímida chamou por trás dela:

— Senhorita...?

Ela se assustou e deu um pulo, o olhar irritado.

— Como é que você vai entrando assim!?... O que você quer, garota?

Uma menininha apontava para um mostruário de vidro antiquado, cheio de balas e doces — jujubas, bala de goma, barras de caramelo e quebra-queixos. À medida que a menina apontava para os itens desejados, a mulher enfiava a mão para pegá-los e depois os guardava num saquinho de papel marrom. Observava a menina intensamente enquanto ela escolhia os artigos. Lembrava-lhe alguém. Eram seus olhos. Eles eram vivos, como bolhas de vidro azul. Um azul tão pálido, celestial. Os cabelos da menina desciam em ondas quase até os ombros. Eram delicados, cor de mel. As pernas, o rosto e os braços eram marrom-escuro, quase escuro demais. A mulher sabia que a menina devia ter passado muito tempo no sol. Não conseguia parar de olhar para ela.

33

Erguendo os olhos de sua compra, a menininha perguntou, tímida:

— Alguma coisa errada comigo?

Olhou então para o próprio vestido para ver se estava rasgado.

A mulher ficou embaraçada. Baixou os olhos rapidamente e começou a enrolar o saco.

— Imagina, n-n-não, de jeito nenhum.

— Ah, achei que sim, pois estava olhando pra mim de um jeito esquisito.

A menina agora parecia tranquila.

A mulher reclinou-se sobre o balcão ao entregar o saquinho à menina e tocar-lhe os cabelos. Não podia deixar de fazê-lo: pareciam densos como manteiga.

— Como se chama? — perguntou.

A menina parecia assustada.

— Elaine — disse ela. Agarrou o saco, depositou algumas moedas no balcão e saiu correndo da loja.

— Até logo, Elaine — disse a mulher, mas a menina já estava do lado de fora, correndo pela ponte ao encontro das coleguinhas.

Que coisa incrível, pensou ela. Os olhos dessa menina são iguaizinhos aos dele. Aqueles olhos malditos. Sentou-se numa cadeira num canto da loja, deu uma última tragada no cigarro e o esmagou no piso. Deixou a cabeça cair no colo e cochilou. Meu Deus, pensou meio adormecida, que olhos, e gemeu: estas malditas feridas.

Foi despertada por quatro meninos que sacudiam seus ombros e pulavam agitados dentro da loja.

— Acorde! — gritaram. — Acorde!

Olhou para eles, a vista ainda meio turva. Tinha o rosto quente. As feridas queimavam na boca. Passava a língua em cima delas sem perceber.

— Que que houve? — perguntou. — Que que houve?

— A senhora tem um telefone ou um carro, dona, por favor? — perguntou um dos meninos agitados.

— Não, não tenho — respondeu, ainda despertando.

— Que que houve, hein? Foi a represa que rebentou?

Os meninos pulavam. Estavam agitados demais para ficarem parados: continuavam saltando e se lastimando:

— Puxa, o que vamos fazer?! Ela vai morrer, ela vai morrer!

A mulher estava ficando nervosa.

— Mas que diabos está acontecendo? Digam logo!

— Uma garota foi mordida pela cobra — disse um menininho gorducho.

— Meu Deus! Onde?

— Lá no riacho — apontou ele, na direção da janela.

A mulher saiu correndo da loja. Passou voando pela ponte e desceu até a praia de seixos. Uma multidão se formara do outro lado. Uma das professoras circulava entre as pessoas, berrando feito uma louca. Algumas crianças observavam de pé ao lado, sideradas de horror e perplexidade com o episódio que interrompera seus festejos.

A mulher abriu caminho na multidão e viu a criança deitada na areia. Era a menina de olhos de bolha, como vidro azul brilhante.

— Elaine — gritou.

Todos se voltaram para a recém-chegada. Ela se ajoelhou ao lado da menina e examinou a ferida. Já estava inchando e escurecendo. A menina tremia, chorava e batia com as mãos na cabeça.

— Vocês não têm um carro? — perguntou a mulher a uma das professoras. — Como foi que chegaram aqui?

— Viemos de carona — respondeu a outra, com medo, o olhar confuso.

A mulher agitou as mãos enfurecida.

— Olha — disse —, a menina está mal, pode morrer.

Todos se limitaram a olhar para ela. O que poderiam fazer? Não podiam fazer nada, eram apenas três mulheres tolas e um bando de crianças.

— Está bem, está bem — gritou a mulher. — Você aí, vá correndo por ali e pegue duas galinhas. Vocês, mulheres, botem alguém para correr até a cidade para chamar um médico. Rápido, rápido! Não podemos perder um minuto!

— Mas o que podemos fazer agora por ela? — perguntou uma das mulheres.

— Vou mostrar — respondeu a mulher.

Voltou a se ajoelhar ao lado da menina e examinou a ferida. O local já estava bem inchado. Sem hesitar nem por um momento, a mulher inclinou-se e levou a boca à ferida. Chupou, e chupou mais, interrompendo-se por uns instantes para cuspir o fluido. Haviam permanecido apenas algumas crianças e uma das professoras. Todos observavam com horrorizado fascínio e admiração. O rosto da menina ficou cor de giz e ela desmaiou. A mulher escarrava saliva misturada ao veneno. Por fim, levantou--se e correu para o riacho. Lavando a boca, gargarejava com força.

Chegaram as crianças com as galinhas. Três galinhas gordas. A mulher pegou uma delas pelas pernas, e, com um canivete, abriu-a, derramando o sangue quente por todo lado.

— O sangue ajuda a expelir o resto do veneno — explicou.

Quando a galinha ficou verde, ela abriu outra e a colocou sobre a ferida da menina.

— Venham aqui agora — disse. — Levem-na até a loja. Vamos esperar que o médico chegue.

As crianças acorreram, ansiosas, e, juntas, conseguiram levá-la sem dificuldade. Atravessavam a ponte quando a professora disse:

— Puxa, não sei como agradecer-lhe. Foi tão, tão...

A mulher empurrou-a e se apressou pela ponte. As feridas em sua boca ardiam horrivelmente com o veneno, e ela se sentiu muito mal quando pensou no que tinha acabado de fazer.

HILDA

— Hilda... Hilda Weber, poderia vir aqui um momento?
Rapidamente ela chegou à frente da sala e se postou
ao lado da mesa da srta. Armstrong.

— Hilda — disse tranquilamente a srta. Armstrong
—, o sr. York quer vê-la depois da aula.

Hilda ficou com o olhar parado e interrogativo por
um momento, e então sacudiu a cabeça, os longos cabelos negros balançando de um lado a outro e cobrindo
parcialmente seu belo rosto.

— Tem certeza de que é comigo, srta. Armstrong?
Eu não fiz nada.

Ela tinha a voz assustada, mas muito madura para
uma menina de dezesseis anos.

A srta. Armstrong pareceu contrariada.

— Só posso dizer-lhe o que está neste bilhete. — Entregou à mocinha alta um pedaço de papel branco.

Hilda Weber — gabinete — 3:30.

Sr. York, Diretor.

Hilda voltou lentamente para a sua carteira. O sol brilhava pela janela e ela piscou. Por que estava sendo con-

vocada ao gabinete? Pela primeira vez ela era chamada pelo diretor, e já frequentava o Colégio Mount Hope havia quase dois anos.

II

Em algum lugar bem no fundo ela estava com um pouco de medo. Tinha a sensação de que sabia o motivo pelo qual o diretor queria falar com ela — mas não, não podia ser isso — ninguém sabia, ninguém podia sequer suspeitar. Ela era Hilda Weber — estudiosa, aplicada, tímida e modesta. Ninguém sabia. Como podiam saber?

Sentiu-se algo reconfortada. Devia haver algum outro motivo para o sr. York querer falar com ela. Talvez quisesse que ela formasse parte da comissão de formatura. Deu um sorrisinho e pegou o volumoso livro verde de latim.

Quando o sinal tocou, Hilda foi direto para o gabinete do sr. York. Entregou o bilhete à gentil secretária na antessala. Ao ser autorizada a entrar, achou que suas pernas iam desmoronar. Tremia de nervosismo e emoção.

Hilda já vira o sr. York nos corredores da escola e o ouvira falar nas assembleias, mas não se lembrava de um dia ter de fato falado pessoalmente com ele. Era um homem alto e de rosto magro encimado por um grande tufo de cabelos vermelhos. Os olhos eram de um pálido verde- mar, e, naquele momento, extremamente agradáveis.

Hilda entrou no pequeno gabinete modestamente mobiliado com os olhos perturbados e o rosto pálido.

III

— Você é Hilda Weber?

As palavras eram mais uma declaração do que uma pergunta. A voz do sr. York era grave e aprazível.

— Sim, senhor, sou eu.

Hilda surpreendeu-se com a calma da própria voz. Por dentro, estava fria e tensa, e as mãos apertavam tanto os seus livros que ela sentia o suor quente. Havia algo de terrível e assustador em ser chamada pelo diretor, mas seu olhar amistoso a desarmou.

— Estou vendo aqui no seu histórico — disse ele, enquanto pegava um grande cartão amarelo — que é uma aluna destacada, que veio de um internato em Ohio e que atualmente está no penúltimo ano aqui no Colégio Mount Hope. Estou certo? — perguntou.

Ela assentiu com a cabeça, observando-o atentamente.

— Diga-me, Hilda, qual seu maior interesse?

— Em que sentido, senhor?

Ela precisava tomar cuidado.

— Ora, quanto a sua futura carreira na vida.

Ele tinha apanhado na mesa um chaveiro de ouro e o girava nas mãos.

— Bem, não sei ainda, senhor. Acho que gostaria de ser atriz. Sempre tive grande interesse pelo teatro.

Ela sorriu e desviou o olhar do rosto magro do diretor para o chaveiro giratório.

— Entendo — disse ele. — Só estou perguntando porque gostaria de conhecê-la melhor. É muito importante que eu a entenda.

Ele deu meia-volta na cadeira e sentou-se bem junto à mesa.

— Sim, muito importante.

Ela percebeu que mudara seu ar de informalidade.

IV

Ela agora mexia nervosamente os livros nas mãos. Ele ainda não a acusara de nada, mas ela sabia que seu rosto tinha ruborizado. Sentia um calor enorme. De repente, a clausura do ambiente tornava-se insuportável.

Ele deixou o chaveiro de lado. Preparava-se para dizer algo, ela sabia porque o ouviu nitidamente tomar fôlego, mas não teve coragem de olhar para ele porque sabia o que ia dizer.

— Hilda, você deve saber que têm ocorrido muitos furtos aqui nos armários das meninas.

Fez uma pausa.

— Já vem ocorrendo há algum tempo, mas ainda não conseguimos botar as mãos na menina que é capaz de furtar das próprias colegas de turma.

Ele estava sério e decidido.

— Não há lugar neste colégio para uma ladra! — disse, grave.

Hilda olhou para seus livros. Sentia o queixo tremer e mordeu os lábios. O sr. York fez menção de se levantar, mas voltou a sentar. Os dois ficaram num silêncio tenso. Por fim, ele abriu a gaveta da mesa, tirou uma caixinha azul e esvaziou o conteúdo na mesa. Dois anéis de ouro, uma pulseira de pingentes e algumas moedas.

— Está reconhecendo? — perguntou.

Ela ficou olhando por longo tempo. Nada menos que quarenta e cinco segundos. Os objetos se confundiam ante seus olhos.

— Mas eu não roubei essas coisas, sr. York, se é o que está querendo dizer!

V

Ele suspirou.

— Foram encontradas no seu armário e, além disso, já estamos de olho em você há algum tempo!

— Mas não fui eu... — Ela se deteve, mas não adiantava.

Por fim, o sr. York disse:

— Mas o que eu não entendo é por que uma menina como você faria uma coisa dessas. Você é inteligente, e até onde sei, vem de uma boa família. Francamente, estou muito confuso.

Ela continuava calada, remexendo nos livros, com a sensação de que as paredes se estreitavam, como se alguma coisa fosse esmagá-la.

— Pois bem — prosseguiu ele —, se não vai dar nenhuma explicação, receio não poder fazer grande coisa por você. Não se dá conta da gravidade do delito?

— Não é isso — arriscou ela. — Não é que eu não queira lhe dizer por que roubei essas coisas, só que eu não sei o que dizer, pois eu mesma não sei.

Seus ombros frágeis tremiam, ela se sacudia violentamente.

Ele olhou para o seu rosto — como era difícil punir a fraqueza numa criança. Estava visivelmente comovido e sabia. Caminhou até a janela e ajustou a persiana.

A menina levantou-se. Fora tomada por um ódio repulsivo por aquele gabinete e as bugigangas reluzentes na mesa. Ouvia a voz do sr. York, que parecia muito distante.

VI

— Isto é muito sério, acho que teremos de chamar seus pais.

Os olhos dela saltaram de medo.

— O senhor terá de dizer ao meu...?

— Naturalmente — respondeu o sr. York.

De repente, nada mais importava, ela só queria sair daquele gabinetezinho branco, com móveis horríveis e seu ocupante de cabelos vermelhos e os anéis e a pulseira e o dinheiro. Como ela odiava tudo aquilo!

— Pode se retirar.

— Sim, senhor.

Quando ela saiu do gabinete, ele estava guardando as bugigangas na caixinha azul. Ela caminhou lentamente pela sala de espera e desceu o longo corredor vazio até mergulhar no sol brilhante da tarde de abril.

E então, subitamente, começou a correr, e corria cada vez mais depressa. Desceu a rua do colégio, chegou ao centro e percorreu a longa rua principal. Não estava nem aí para as pessoas que a olhavam fixamente; queria apenas ir para o mais longe que pudesse. Fugiu para o outro lado da cidade, entrando no parque. Havia somente algumas mulheres com seus carrinhos de bebê. Ela desabou num dos bancos vazios e começou a massagear o lado que doía. Passado algum tempo, parou de doer. Abriu então o enorme livro verde de latim, e protegida por trás da capa começou a chorar baixinho, inconscientemente manuseando o chaveiro de ouro no colo.

Senhorita Belle Rankin

Eu tinha oito anos quando vi a senhorita Belle Rankin pela primeira vez. Era um dia quente de agosto. O sol desaparecia no céu rajado de vermelho, e o calor subia seco e vibrante do solo.

Eu estava sentado nos degraus da varanda da frente, vendo uma negra se aproximar e me perguntando como era capaz de carregar aquela gigantesca trouxa de roupa na cabeça. Ela parou e, respondendo ao meu cumprimento, riu aquele riso negro profundo e arrastado. Foi então que a senhorita Belle veio descendo lentamente o outro lado da rua. A lavadeira a viu, e, como que repentinamente assustada, interrompeu uma frase no meio e retomou apressada seu caminho.

Fiquei olhando fixamente por um tempão aquela desconhecida capaz de provocar um comportamento tão estranho. Ela era miúda e estava toda vestida de preto, empoeirada e com muitas marcas — parecia incrivelmente velha e enrugada. Leves fios de cabelo cinzento caíam-lhe pela testa, que estava molhada de suor. Ela caminhava de cabeça baixa, olhando para a rua sem calçamento, quase como se estivesse procurando algo perdido. Um velho cão de caça malhado a seguia, avançando um pouco à deriva na trilha da dona.

Eu voltaria a vê-la muitas vezes, mas aquela primeira visão, quase como um sonho, ficará na lembrança como a mais nítida — a senhorita Belle descendo em silêncio a rua e pequenas nuvens de poeira vermelha subindo ao redor dos pés enquanto ela desaparecia no lusco-fusco.

Alguns anos depois, eu estava no bar e mercearia de esquina do sr. Joab, bebericando um dos seus milk-shakes especiais. Eu estava sentado numa extremidade do balcão, e na outra estavam dois manjados caubóis de butique e um estranho.

Esse estranho tinha uma aparência muito mais respeitável que as pessoas que costumavam frequentar o bar do sr. Joab. Mas foi o que ele dizia numa voz lenta e rouca que me chamou a atenção.

— Vocês conhecem alguém aqui que venda belas camélias? Quero comprar algumas para uma oriental que está construindo uma casa em Natchez.

Os dois garotos se entreolharam, até que um deles, gordo e de olhos enormes, e que gostava de zombar de mim, disse:

— Bom, seu moço, vou te contar, a única pessoa que eu conheço por aqui que tem umas bem bonitas é uma velhota esquisita, a senhorita Belle Rankin... ela mora a quase um quilômetro daqui, num lugar muito estranho. Uma casa velha e decrépita, construída antes da Guerra Civil. Mulher muito esquisita mesmo, mas se está querendo camélias, ela tem as mais bonitas que eu já vi.

— Isso aí — opinou o outro garoto, louro e cheio de espinhas, puxa-saco do gordo. — Ela com certeza vai vendê-las. Tô sabendo que ela anda morta de fome. Sem nada mesmo, só um nego velho que mora por ali e capina um monte de mato que eles chamam de jardim. Fiquei sabendo que outro dia ela entrou no mercado de Jitney Jungle e começou a pegar os legumes estragados e obrigou Olie Peterson a dar para ela. A bruxa mais esquisita que já se viu. Parece que vem das profundezas da escuridão. A negrada morre de medo dela...

Mas o estranho interrompeu a torrente de informações do garoto e perguntou:

— Bom, quer dizer então que ela pode vender?

— Pode crer — disse o gordo num sorrisinho de convicção.

O sujeito agradeceu e já estava se retirando, mas de repente se virou e perguntou:

— Vocês não querem me acompanhar até lá para mostrar onde fica? Depois posso trazê-los de volta.

Os dois desocupados rapidamente concordaram. Aquele tipo de gente estava sempre a fim de ser vista andando de carro, especialmente com estranhos; ficava parecendo que tinham bons contatos, e de qualquer maneira sempre pintava um cigarro ou outro.

Já tinha se passado mais ou menos uma semana quando voltei à mercearia do sr. Joab e fiquei sabendo no que tinha dado.

O gordo estava contando todo entusiasmado para um público formado pelo sr. Joab e eu. Quanto mais ele falava, mais alta e dramática ficava sua voz.

— Vou te contar, aquela bruxa velha tinha de ser expulsa da cidade. É uma perua doida. Pra começo de conversa, quando a gente chega lá, ela quer botar a gente pra correr. Depois, bota aquele cachorro velho dela pra vir atrás da gente. Aposto que aquilo é até mais velho que ela. O negócio é que o vira-lata tentou arrancar um naco de mim, e eu dei um pontapé bem na dentuça dele, e ele começou com aquele ganido horroroso. No fim, o negro velho acalmou o bicho pra gente poder falar com ela. O sr. Ferguson, o estranho, explicou que queria comprar as flores, sabe né, as tais camélias. Ela disse que nunca tinha feito essas negociações, e além do mais que não venderia suas plantas não, pois eram o maior amor da sua vida. Mas olha só essa, o sr. Ferguson ofereceu duzentos dólares por uma única planta! Sacou só? Duzentos paus! Pois a cabra velha mandou ele se arrancar dali; e no fim a gente entendeu que não dava mesmo, então fomos embora. O sr. Ferguson ficou bem chateado, estava mesmo esperando conseguir aquelas plantas. Disse que eram das mais bonitas que tinha visto.

Ele se recostou e respirou fundo, exaurido pelo longo relato.

— Caramba! — disse. — O que alguém pode querer com essas plantas velhas, e ainda por cima a duzentos mangos?! Não é pouca porcaria não!

Quando saí do bar, fiquei o tempo todo pensando na senhorita Belle no caminho para casa. Costumava pensar nela. Ela parecia velha demais para ainda estar viva — deve ser horrível ser velha assim. Não entendia por que fazia tanta questão daquelas camélias. Eram lindas, mas se ela era tão pobre — bem, eu era jovem, e ela era velha, pouca coisa lhe restava na vida. Eu era tão jovem que nem imaginava que um dia ficaria velho, que um dia pudesse morrer.

* * *

Foi no dia 1º de fevereiro. O dia amanhecera escuro e cinzento, com algumas faixas de branco perolado no céu. Lá fora estava frio e parado, com rajadas intermitentes de um vento voraz comendo os cinzentos galhos desfolhados das enormes árvores ao redor das ruínas decadentes da outrora majestosa Rose Lawn, onde vivia a senhorita Rankin.

O quarto estava frio quando ela acordou e tinha compridas lágrimas de gelo penduradas nas calhas do telhado. Ela teve um ligeiro tremor ao passar os olhos pela monotonia circundante. Com algum esforço, conseguiu sair de baixo da colorida e alegre colcha de retalhos.

Ajoelhando-se junto à lareira, ateou fogo aos ramos secos que Len juntara na véspera. Sua mãozinha carcomida e amarela lutava com o fósforo e a superfície arranhada do bloco de pedra calcária.

Depois de algum tempo, o fogo pegou; as chamas voavam saltitantes e a lenha estalava, como num chocalhar de ossos. Ela ficou de pé por um momento junto ao calor do fogo e afinal se encaminhou indecisa para o bidê gelado.

Depois de se vestir, foi até a janela. Começava a nevar, era aquela neve fina e aguada que cai no inverno do Sul. Derretia ao bater no solo, mas a senhorita Belle, pensando na longa caminhada que a aguardava naquele dia até a cidade em busca de comida, sentiu-se meio tonta e adoentada. Até que se surpreendeu ao ver lá embaixo que as camélias estavam florescendo; mais lindas que nunca. As vívidas pétalas vermelhas estavam quietas e cobertas de gelo.

Certa vez, lembrou-se, ela as havia colhido em enormes cestos — há muitos anos, quando Lillie ainda era uma menininha —, enchendo os amplos cômodos vazios de Rose Lawn com seu perfume sutil, e Lillie as havia roubado e dado às crianças negras. Como ficara furiosa! Mas nesse momento um sorriso lhe vinha com a lembrança. Já fazia pelo menos vinte anos que não via Lillie.

Pobre Lillie, agora também já é uma velha. Eu tinha apenas dezenove anos quando ela nasceu, e era jovem e bonita. Jed costumava dizer que eu era a garota mais linda que tinha conhecido — mas isto foi há tanto tempo. Não lembro exatamente quando comecei a ser assim. Não lembro quando fiquei pobre — quando comecei a envelhecer. Acho que foi depois que Jed foi embora — fico me perguntando o que aconteceu com ele. Ele simplesmente disse que eu estava feia e acabada e se foi, me deixou completamente sozinha, só com a Lillie — e Lillie não prestava — não prestava mesmo...

Ela levou as mãos ao rosto. Ainda doía lembrar e, no entanto, quase diariamente ela recordava aquelas mesmas coisas, e às vezes ficava enlouquecida e começava a berrar, como da vez em que aquele sujeito chegou com os dois sacanas imbecis, querendo comprar suas camélias; ela jamais as venderia. Mas ela tinha medo do sujeito; temia que as roubasse, e o que ela poderia fazer? As pessoas iam rir dela. Por isso tinha começado a gritar com eles; por isso odiava todos eles.

Len entrou no quarto. Era um negro velho, baixo e recurvado, com uma cicatriz na testa.

— Senhorita Belle — chamou, numa voz ofegante —, você tá indo na cidade? Se fosse você não ia não, senhorita Belle. O negócio lá hoje tá muito feio.

Ao falar, saía de sua boca para o ar frio uma coluna de fumaça.

— Sim, Len, tenho de ir à cidade hoje. Vou daqui a pouquinho; quero voltar antes de escurecer.

Lá fora, a fumaça da velha chaminé subia em preguiçosos caracóis, formando sobre a casa uma névoa azulada, como se estivesse congelada — depois era carregada dali em rajadas de vento gelado!

Já estava bem escuro quando a senhorita Belle começou a subir a colina de volta para casa. A escuridão chegava rápido naqueles dias de inverno. Hoje, veio tão subitamente que de início a assustou. Nada de pôr do sol resplandecente, apenas o cinza perolado do sol se transformando num negro profundo. A neve continuava caindo e a rua estava lamacenta e fria. O vento ficou mais forte e se ouvia o estalar agudo dos galhos mortos. Ela vergava ao peso do cesto. Fora um bom dia. O sr. Johnson dera-lhe quase um terço de um pernil e o pequeno Olie Peterson tinha muitos legumes que estavam impróprios para a venda. Ela não precisaria voltar por pelo menos duas semanas.

Ao chegar à casa, ela parou um minuto para respirar, deixando o cesto escorregar até o chão. Caminhou então até o limite do terreno e começou a colher algumas das enormes camélias, que se assemelhavam a rosas; esmagou uma delas no rosto, mas não sentiu seu toque. Juntou uma boa braçada e voltou na direção do cesto, quando de repente julgou ter ouvido uma voz. Parou para ouvir, mas teve como resposta apenas o vento.

Sentiu que estava caindo e não conseguiu impedir; estendeu a mão no escuro para se apoiar, mas havia apenas o vazio. Tentou pedir socorro, mas não saiu nenhum som. Sentia-se avassalada por grandes ondas de vazio; cenas fugidias assomavam. Sua vida — a total falta de sentido e um rápido vislumbre de Lillie, de Jed, e uma vívida imagem de sua mãe com uma bengala longa e fina.

Lembro que era um dia frio de inverno quando Tia Jenny me levou ao lugar velho e decadente onde a senhorita Belle vivia. A senhorita Belle morrera à noite e fora encontrada por um velho de cor que morava lá. Praticamente todo mundo da cidade estava indo para dar uma espiada. O corpo ainda não havia sido transportado, à espera de autorização do médico-legista. De modo que pudemos vê-la exatamente como tinha morrido. Pela primeira vez eu via alguém morto, e jamais esquecerei.

Ela estava estendida no pátio, perto das suas camélias. As rugas amainaram no seu rosto, e havia flores coloridas por toda parte.

Ela parecia muito pequena e realmente jovem. Havia floquinhos de neve no seu cabelo e uma flor fora depositada bem junto ao rosto. Achei que ela era uma das coisas mais lindas que eu já tinha visto.

Todo mundo estava comentando como era triste e tudo mais, mas eu achei estranho, pois eram as mesmas pessoas que costumavam rir dela e fazer piadas.

Bom, a senhorita Belle Rankin certamente era bem estranha e é provável que fosse meio biruta, mas parecia muito encantadora naquela fria manhã de fevereiro, com a flor no rosto e esticada ali tão tranquila e silenciosa.

SE EU TE ESQUECER

Grace estava de pé na varanda esperando-o havia quase uma hora. Ao encontrá-lo na cidade naquela tarde, ele dissera que estaria ali às oito. Já eram quase oito e dez. Ela se sentou no balanço da varanda. Tentou não ficar pensando na chegada dele nem olhar para a estrada na direção de sua casa. Sabia que se pensasse no assunto, nunca aconteceria. Ele simplesmente não viria mais.

— Grace, ainda está aí fora? Ele não chegou?

— Não, Mãe.

— Bom, você não poderá ficar aí o resto da noite. Venha já para casa.

Ela não queria entrar de novo, não queria ficar sentada naquela velha e asfixiante sala de estar, vendo o pai ler o jornal e a mãe fazer palavras cruzadas. Queria ficar ali fora, na noite, para poder respirá-la, cheirá-la, tocá-la. Parecia tão palpável que ela sentia sua textura, como um fino cetim azul.

— Ele está chegando, Mãe — mentiu. — Já está vindo pela estrada, vou correr ao seu encontro.

— Não vai, não, senhora, Grace Lee — respondeu a voz sonora da mãe.

57

— Sim, Mãe, sim! Volto assim que a gente se despedir.

Desceu os degraus da varanda e já estava na estrada antes que a mãe pudesse dizer algo.

Tinha posto na cabeça que continuaria andando em frente até encontrá-lo, ainda que tivesse de caminhar até a casa dele. Era uma grande noite para ela, não exatamente uma noite feliz, mas, de qualquer maneira, linda.

Ele ia deixar a cidade, depois de todos aqueles anos. Seria tão estranho depois que ele se fosse. Ela sabia que nada mais seria o mesmo. Na escola, uma vez, quando a senhorita Saaron pediu que os alunos escrevessem um poema, ela tinha escrito um poema sobre ele, e ficou tão bom que foi publicado no jornal da cidade. Ela dera o título de "Na alma da noite". Recitou os dois primeiros versos enquanto perambulava pela estrada banhada no luar.

Meu amor é uma brilhante luz
Que esconde da noite o capuz.

Certa vez ele perguntou se ela realmente o amava. Ela dissera:

— Eu o amo agora, mas ainda somos crianças, não passa de amor de filhotinho.

Mas ela sabia que tinha mentido, pelo menos mentira para si mesma, pois agora, neste breve momento, sabia que o amava, embora um mês antes estivesse perfeitamente convencida de que era tudo uma bobagem infantil. Mas agora que ele ia embora sabia que não era assim. Uma vez ele lhe dissera, depois do episódio do poema, que ela não devia levar tão a sério, afinal, tinha apenas dezesseis anos.

— Quando tivermos vinte, se alguém falar de um de nós para o outro, provavelmente nem saberemos de quem se trata.

Ela ficara horrorizada. Sim, provavelmente ele a esqueceria. E agora ele ia embora e talvez ela nunca voltasse a vê-lo. Ele poderia tornar-se um grande engenheiro, exatamente como queria, e ela continuaria ali naquela cidadezinha sulista da qual ninguém nunca ouviu falar. "Talvez ele não me esqueça", pensou. "Talvez volte para mim e me leve daqui, para uma cidade grande como Nova Orleans ou Chicago ou até Nova York." Ela ficou de olhos arregalados de felicidade só de pensar nisso.

O cheiro dos bosques de pinheiros de ambos os lados da estrada trouxe-lhe à lembrança os bons tempos em que faziam piqueniques, andavam a cavalo e dançavam.

Lembrou-se da vez em que ele a convidou a acompanhá-lo ao baile do terceiro ano. Foi quando ela o conheceu. Ele era tão lindo e ela estava tão orgulhosa, ninguém jamais imaginaria que a pequena Grace Lee com seus olhos verdes e suas sardas pudesse sair com um tesouro daquele. Ela tinha ficado tão orgulhosa e empolgada que quase achou que não sabia mais dançar. Ficou tão embaraçada quando trocou os passos e ele pisou no seu pé, rasgando sua meia de seda.

E exatamente quando já estava se convencendo de que era mesmo um romance, sua mãe vinha dizer que eles não passavam de crianças e as crianças, afinal, simplesmente não tinham como saber o que era o verdadeiro "afeto", como disse.

E aí as garotas da cidade, roxas de inveja, começaram uma "Campanha Não Gostamos de Grace Lee". "Olhem só a tolinha", fuxicavam, "se jogando em cima dele." "Parece mesmo uma... uma... prostituta." "Queria ser uma mosca para saber o que esses dois andam fazendo, mas acho que seria muito chocante."

Ela apressou o passo, furiosa só de lembrar, aquelas arrogantes convencidas. Jamais esqueceria a briga que teve com Louise Beavers quando a apanhou lendo, em voz alta, para um bando de garotas às gargalhadas no lavatório da escola, uma carta que ela tinha escrito. Louise tinha roubado a carta que estava dentro de um dos livros de Grace e a lia para as outras com muitos gestos zombeteiros, fazendo piada com coisas que não tinham nada de engraçado.

"Ora ora, pura bobagem", pensou.

A lua brilhava no céu, pálida, e nuvenzinhas melancólicas passeavam pela superfície como um fino xale de rendas. Ela ficou contemplando. Logo chegaria à casa dele. Bastava subir esta colina, descer adiante, e lá estaria. Era uma bela casinha, sólida e robusta. O lugar perfeito para ele viver, pensou.

Às vezes ela achava que era sentimento demais, aquele amor de filhote, mas agora sabia que não era. Ele ia embora. Ia morar com a tia em Nova Orleans. A tia era artista, o que não lhe agradava muito. Tinha ouvido dizer que os artistas eram pessoas esquisitas.

Só ontem ele dissera que estava indo embora. Também devia estar com certo medo, pensou, e agora sou eu que estou com medo. Ah, todo mundo ficaria feliz agora de ver que ele estava indo embora e que ela não o teria mais, ela podia até ver os risos.

Ela afastou os leves cabelos loiros dos olhos. Um vento fresco soprava pela copa das árvores. Ela estava chegando no topo da colina, e de repente percebeu que ele vinha pelo outro lado e iam se encontrar no alto. Um calor lhe subiu por todo o corpo, tão certa estava da premonição. Não queria chorar, queria sorrir. Buscou no bolso sua foto que ele tinha pedido para ela trazer. Era um instantâneo barato tirado por um sujeito num carnaval que tinha passado pela cidade. Nem sequer se parecia muito com ela.

Agora que estava quase lá, não queria mais caminhar. Enquanto não tivessem de fato se despedido, ele ainda era dela. Então sentou-se na macia relva da noite à beira da estrada para esperá-lo.

— Só o que eu quero — disse, contemplando o céu escuro banhado pelo luar — é que ele não me esqueça, acho que é a única coisa que tenho o direito de querer.

A MARIPOSA NO FOGO

Em passara a tarde inteira deitada na cama de aço. Tinha puxado uma colcha de retalhos sobre as pernas. E tinha ficado ali deitada e pensando. O tempo esfriara, mesmo para o Alabama.

George e os outros homens vindos do interior tinham saído em busca da velha maluca da Sadie Hopkins. Ela fugira da cadeia. "Pobre Sadie", pensou Em, "correndo feito louca por todos aqueles pântanos e descampados. Era uma menina tão bonita — só que se misturou com gente errada, acho eu. Pirou de vez."

Em olhou pela janela da cabana; o céu estava escuro, azul-acinzentado, e os campos pareciam transformados em sulcos congelados. Ela se aconchegou mais na colcha. Não podia ser mais solitária aquela região, nenhuma outra fazenda num raio de seis quilômetros, descampados de um lado, pântanos e bosques do outro. Sentiu como se talvez tivesse nascido para ser solitária, exatamente como certas pessoas nascem cegas ou surdas.

Passou os olhos pelo quartinho, as quatro paredes fechando-se sobre ela. Ficou ali quieta, ouvindo o despertador barato, tique-taque, tique-taque.

De repente subiu-lhe pelas costas a sensação mais estranha, uma sensação de medo e horror. Sentiu o couro cabeludo latejar. Soube logo, como num flash de luz que cega, que havia alguém a observá-la, alguém de pé bem perto, observando-a com olhos frios, calculistas e loucos.

Por um momento ficou tão parada que ouvia o bater do próprio coração, e o relógio parecia uma marreta malhando um tronco oco. Em sabia que não estava imaginando coisas; sabia que aquele medo todo tinha um motivo; sabia instintivamente, de um instinto tão claro e vital que tomava todo o seu corpo.

Levantou-se lentamente e passou os olhos no quarto. Não viu nada; mas sentia que havia alguém olhando para ela, acompanhando cada movimento seu.

Agarrou a primeira coisa em que suas mãos foram dar, um toco de lenha. E chamou com voz destemida:

— Quem está aí? O que você quer?

Um silêncio indiferente foi a resposta. Apesar do frio no corpo, ela estava toda quente; sentia as bochechas queimarem.

— Sei que está aí — gritou, histérica. — O que você quer? Por que não aparece? Vamos, seu velhaco...

E então ouviu por trás uma voz cansada e assustada.

— Sou só eu, Em: Sadie, Sadie Hopkins.

Em virou-se. A mulher à sua frente estava seminua, os cabelos caindo em desordem no rosto arranhado e machucado. As pernas estavam cobertas de sangue.

— Em — pediu —, por favor, me ajude. Estou cansada e com fome. Me esconda em algum lugar. Não deixe que eles me peguem, por favor. Eles vão me linchar; acham que estou louca. Eu não sou louca; você sabe, Em. Por favor, Em.

Ela estava chorando.

Em estava totalmente impactada, confusa demais para responder. Tropeçou e sentou na beira da cama.

— O que você está fazendo aqui, Sadie? Como foi que entrou?

— Passei pela porta dos fundos — respondeu a louca. — Preciso me esconder em algum lugar. Eles estão vindo para cá pelos pântanos e logo vão achá-lo. Oh, não foi de propósito que eu fiz; não foi de propósito, Em. Deus sabe que não foi.

Em olhou para ela bem diretamente.

— Do que está falando? — perguntou.

— Aquele menino, Henderson — gritou Sadie. — Ele me agarrou no bosque. E me segurou, e me arranhava, e berrava chamando os outros. Eu não sabia o que fazer; estava com medo. Eu o empurrei e ele caiu de costas, eu pulei em cima e bati na sua cabeça com uma pedra grande. Eu simplesmente não conseguia parar de bater nele. Só queria derrubá-lo, mas quando olhei — MEU DEUS!

Sadie recostou-se na porta e começou com um risinho, depois passou a rir muito. Não demorou e o quarto estava tomado por gargalhadas histéricas. A noite caíra e as chamas da lareira de pedra calcária projetavam sombras estranhas no ambiente. Elas dançavam no negrume dos olhos da louca; pareciam insuflar ainda mais o selvagem frenesi de sua histeria.

Em sentou na cama, horrorizada e perplexa, os olhos cheios de espanto e terror. Estava hipnotizada por Sadie, por seu riso carregado e maléfico.

— Mas você vai me deixar ficar aqui, não vai, Em? — berrou a mulher. Olhou então bem nos olhos de Em. — Por favor, Em — implorou. — Não quero que eles me peguem. Não quero morrer; quero viver. Foram eles que fizeram isto comigo; foram eles que me fizeram assim.

Olhou então para o fogo. Ela sabia que teria de ir-se. Então, perguntou:

— Em, qual parte do pântano eles não vão percorrer hoje?

Com toda calma, Em endireitou-se, os olhos ardendo em lágrimas histéricas.

— Eles não vão passar pela zona Hawkins até amanhã.

Depois de contar a mentira, sentiu o estômago afundar; era como se estivesse voltando atrás mil anos numa vertigem.

— Adeus, Em.

— Adeus, Sadie.

Sadie passou pela porta da frente e Em acompanhou-a com o olhar até chegar ao fim do pântano e desaparecer em sua funda escuridão selvagem.

Parte II

Em desmoronou na cama e começou a chorar. Chorou até mergulhar num sono febril. Foi despertada por vozes masculinas. No pátio escuro, viu George e Hank Simmons e Bony Yarber aproximando-se da casa.

Rapidamente saltou da cama, pegou um pano úmido e limpou o rosto. Acendeu a luz na cozinha e estava sentada lendo quando os homens entraram.

— Alô, doçura — disse George, dando-lhe um beijo no rosto. — Caramba, como está quente! Está se sentindo bem?

Ela assentiu com a cabeça.

— Oi, Em — disseram os dois outros.

Ela nem se deu ao trabalho de responder. Ficou sentada lendo. Cada um deles tomou um gole d'água na concha.

— Puxa, como é bom — disse George —, mas que tal algo com um pouquinho mais de sabor, hein, rapazes? — E ele deu uma cutucada em Bony.

Subitamente, Em pôs a revista de lado. Olhou cautelosa para eles.

— Vocês... vocês — sua voz tremia um pouco. — Vocês encontraram Sadie?

— Sim — respondeu George —, ela estava num dos redemoinhos do Hawkins, na parte mais lamacenta do pântano. Tinha se afogado, suicidou-se, acho eu. Mas não vamos falar disso; foi... Deus meu, terrível. Foi...

Mas ele não concluiu. Em deu um salto da mesa, derrubou a luminária e correu para o quarto.

— Diacho, que é que pode ter dado nela? — disse George.

TERROR NO PÂNTANO

— Olha, Jep, se você entrar nesse mato aí para pegar aquele bandido, com certeza perdeu todo o juízo que tinha ao nascer.

O garoto que falava era pequeno, com um rosto moreno coberto de sardas. Olhava ansioso para o companheiro.

— Escuta aqui — disse Jep. — Sei perfeitamente o que estou fazendo e não preciso dos seus conselhos nem dessa sua boca metida.

— Cara, estou achando que você ficou maluco. Que que a sua mãe ia dizer se soubesse que está se metendo nesse mato sinistro aí pra caçar um bandidão velho?

— Lemmie, não quero ouvir mais nem um pio e nem quero que você grude em mim. Agora pode voltar — Pete e eu vamos encontrar esse sujeitinho — e depois nós dois, só nós dois, vamos contar pros esquadrões de busca onde é que ele está. Não é, Pete, meu velho?

E deu uns tapinhas num cachorro malhado que trotava ao seu lado.

Os dois caminharam um pouco mais em silêncio. O garoto chamado Lemmie não sabia muito bem o que fazer. O bosque era escuro e muito silencioso. De vez em quando um pássaro batia as asas ou cantava nas árvores, e quando seu caminho se aproximou do riacho eles puderam ouvi-lo avançando célere pelas rochas e minúsculas quedas. Sim, realmente, era silencioso demais. Lemmie detestava imaginar que tivesse de voltar à entrada do bosque sozinho, mas detestava ainda mais a ideia de prosseguir com Jep.

— Bem, Jep — disse finalmente —, acho então que vou me arrancar daqui. Não vou mesmo me enfiar mais por esse lugar, com todas essas árvores e arbustos pra esse bandidão ficar bem escondido e depois dar o bote e matar a gente bem matado de uma só vez.

— Vai, vai pra casa, seu maricão. Tomara que ele te pegue de jeito quando estiver voltando sozinho pelo mato.

— Bom, tchau, a gente se vê amanhã na escola.

— Quem sabe. Até mais.

Jep ouvia os passos de Lemmie pelo matagal, lépido nos calcanhares como um coelho assustado. "É o que ele é mesmo", pensou, "um coelhinho assustado. Esse Lemmie é uma criança."

—- Não dava mesmo para ele vir conosco, não é, Pete?

A pergunta foi feita em voz alta, e o velho cachorrão malhado, talvez assustado com a súbita interrupção do silêncio, soltou um rápido latidinho assustado.

Os dois seguiram em silêncio. De vez em quando, Jep parava para ouvir atentamente a floresta. Mas não ouvia nem o mais leve som indicando alguma presença estranha ao ambiente, além da sua própria. Vez por outra eles chegavam a uma clareira atapetada de suave musgo, à sombra de grandes árvores de magnólias cobertas de amplas florações brancas — com cheiro de morte.

"Talvez eu devesse ter ouvido Lemmie. Que lugar mais esquisito esse aqui." Voltou-se para o alto das copas das árvores, volta e meia enxergando manchas azuis. Estava muito escuro naquela parte do bosque — quase noite. De repente, ouviu um zumbido. Quase instantaneamente o reconheceu; ficou paralisado de medo — e então Pete soltou um breve e terrível uivo. Foi o que quebrou o feitiço. Ele se voltou e lá estava uma enorme cascavel pronta para atacar uma segunda vez. Jep saltou o mais alto que pôde, tropeçou e caiu de cara no chão. Ai meu Deus! Era o fim! Forçou os olhos para enxergar ao redor, esperando ver a cobra voando na sua direção, mas quando finalmente os olhos focaram, não havia nada. Até que ele viu a ponta de uma cauda e uma longa corda de botões sonoros rastejando pelo matagal.

Por vários minutos não conseguiu se mexer, imobilizado pelo choque, o corpo entorpecido de pavor. Finalmente, apoiou-se no cotovelo para se erguer e procurou por Pete, mas Pete não estava em lugar nenhum. Levantou-se de repente e começou a procurar freneticamente o cão. Ao encontrá-lo, viu que Pete tinha rolado por um barranco vermelho e jazia morto no fundo, inchado e enrijecido. Jep não chorou; estava assustado demais.

Que fazer agora? Ele não sabia onde estava. Começou a correr e a abrir caminho enlouquecido pela floresta, mas não encontrava a estrada. E de que adiantava? Estava perdido. Até que se lembrou do riacho, mas também era inútil. Ele passava pelo pântano, e em certos trechos era fundo demais para atravessar; e no verão com certeza estaria infestado de cobras. A noite estava descendo, e as árvores começaram a projetar sombras grotescas ao seu redor.

"Como é que aquele bandido velho aguenta isso aqui?", pensou. "Ai meu Deus, o bandido! Já tinha esquecido dele. Preciso sair daqui."

E disparou a correr, sem parar. Até que chegou a uma clareira. A lua brilhava bem no centro. Parecia uma catedral.

"Talvez se subir numa árvore", pensou, "consiga enxergar o descampado e descobrir um jeito de chegar lá."

Procurou então a árvore mais alta. Era um plátano bem reto e liso, sem galhos perto da base. Mas ele era bom de escalada. Talvez conseguisse.

Abraçou o tronco da árvore com as pernas curtas e fortes e começou a forçar a subida, centímetro a centímetro. Subia meio metro e escorregava um quarto. Mantinha a cabeça projetada para trás, em busca do primeiro galho que pudesse agarrar. Ao alcançá-lo, pegou com força e deixou as pernas pendendo, longe do tronco. Por um minuto, achou que ia cair, pendurado no espaço. E então passou a perna pelo galho seguinte e montou nele, ofegante. Passado algum tempo, continuou escalando, galho após galho. O solo se distanciava cada vez mais. Ao chegar ao alto, esticou a cabeça por cima da copa da árvore e olhou ao redor, mas só enxergava árvores e mais árvores por todo lado.

Desceu até o galho mais largo e forte. Sentia-se seguro, com o solo tão distante. Ali, ninguém poderia vê-lo. Teria de passar a noite na árvore. Se pelo menos conseguisse ficar acordado, não cair no sono. Mas estava tão cansado que tudo parecia girar sem parar. Fechou os olhos por um minuto e quase perdeu o equilíbrio. Saiu do transe num sobressalto e bateu nas bochechas.

Estava tudo tão quieto, ele sequer ouvia os grilos, nem a serenata noturna dos sapos-boi. Não, estava tudo muito quieto, assustador e misterioso. Que foi aquilo? Ele teve outro sobressalto; ouvia vozes; elas se aproximavam; estavam quase junto dele! Olhou para baixo e viu duas figuras movendo-se no matagal. Andavam na direção da clareira. Ah, ah, graças a Deus! Devem ser homens da patrulha.

Até que ele ouviu uma das vozes, minúscula e assustada, gritando:

— Para! Por favor, me deixa ir! Quero ir para casa!

Onde é que Jep tinha ouvido aquela voz antes? Mas claro, era a voz de Lemmie!

Mas o que é que Lemmie estava fazendo ali no bosque? Ele tinha ido para casa. Quem o havia pegado? Todos esses pensamentos passavam pela cabeça de Jep; até que finalmente entendeu o que estava acontecendo. O bandido foragido tinha agarrado Lemmie!

Uma voz profunda e ameaçadora cortou o ar:

— Fecha a matraca, fedelho!

Ele ouvia os gemidos apavorados de Lemmie. As duas vozes agora estavam perfeitamente claras; estavam quase exatamente debaixo da árvore. Jep segurou a respiração, com medo. Ouvia o coração pulando e sentia a dor dos músculos do estômago dando um nó.

— Senta aí, garoto — ordenou o condenado — e para com essa choradeira!

Jep viu Lemmie caindo indefeso no chão e rolando pelo musgo, tentando desesperadamente conter os soluços.

O bandido continuava de pé. Era alto e musculoso. Jep não via seu cabelo — estava coberto com um enorme chapéu de palha —, do tipo que os condenados usam quando estão trabalhando acorrentados uns aos outros.

— Então diga aí, garoto — ele exigiu de Lemmie, dando-lhe um empurrão —, quantos estão por aí à minha procura?

Lemmie não disse nada.

— Responde!

— Não sei — disse Lemmie numa vozinha.

— Tudo bem. Ok. Mas diz aí: que partes do bosque eles já percorreram?

— Não sei.

— Ah, vai se foder!

O condenado deu uma bofetada em Lemmie, que caiu em novo ataque histérico.

"Oh, não! Não! Não pode estar acontecendo comigo", pensou Jep. "É tudo um sonho, um pesadelo. Vou acordar e ver que não é nada disso."

Ele fechou os olhos e os abriu novamente, numa tentativa física de provar a si mesmo que tudo não passava de um pesadelo. Mas lá estavam eles, o bandido e Lemmie; e ali estava ele, empoleirado numa árvore, com medo até de respirar. Se pelo menos tivesse alguma coisa pesada, poderia deixá-la cair na cabeça do bandido e derrubá-lo no chão. Mas não tinha nada. Interrompeu os próprios pensamentos, pois o bandido estava falando de novo.

— Muito bem, vem aqui, garoto; não podemos passar a noite inteira aqui. A lua vai sair — deve estar para chover.

Ele percorreu o céu com o olhar, por cima das copas das árvores.

O sangue de Jep congelou de pavor; parecia que ele estava olhando direto para ele; estava de olho exatamente no galho em que se encontrava. A qualquer momento o veria. Jep fechou os olhos. Os segundos pareciam horas se arrastando. Quando ele finalmente juntou coragem para olhar de novo, viu que o bandido estava tentando levantar Lemmie do chão. Graças a Deus não o tinha visto!

O bandido disse:

— Vamos, guri, antes que eu te solte mais uma.

Ele segurava Lemmie ainda meio caído, como um saco de batatas. De repente, deixou-o cair.

— Para com essa choradeira! — berrou.

O tom de voz era tão eletrizante que Lemmie ficou mudo. Algo estava acontecendo. O bandido estava junto à árvore, escutando atentamente a floresta.

E então Jep também ouviu. Algo vinha pelo matagal. Ele ouviu galhos sendo quebrados e arbustos sendo afastados. De onde estava, pôde ver o que era. Dez homens fechavam um círculo em torno da clareira. Mas o condenado apenas ouvia o ruído. Não sabia ao certo do que se tratava; e entrou em pânico.

Lemmie gritou:

— Estamos aqui! Logo aqui!

Mas o bandido o agarrara; disfarçando, empurrava seu rosto contra o chão. O corpinho se contorcia e chutava, até que, subitamente, amoleceu e ficou totalmente parado. Jep viu o bandido tirar a mão da nuca do menino. Algo acontecera com Lemmie. Jep então viu num relance — era como se ele soubesse. — Lemmie estava morto! O bandido o asfixiara!

Os homens já não estavam rastejando; irromperam furiosamente do matagal. O bandido viu que estava perdido; recuou até o tronco da árvore de Jep e começou a gemer.

E então tudo acabou. Jep gritou e os homens firmaram os braços para agarrá-lo. Ele pulou e caiu, ileso, nos braços de um deles.

O condenado estava algemado, chorando.

— Aquele maldito garoto! Foi culpa dele!

Jep olhou para Lemmie. Um dos homens se debruçara sobre ele. Jep ouviu quando ele se virou para outro que estava ao lado e disse:

— É, mortinho da silva.

Foi quando Jep começou a rir; ria histericamente, e lágrimas quentes de sal escorriam pelo seu rosto.

O ESTRANHO ÍNTIMO

— E Beulah — chamou Nannie —, antes de ir, venha aqui dar um jeito nos meus travesseiros, esta cadeira de balanço é extremamente desconfortável.

— Sim, senhora, já estou indo.

Nannie deu um suspiro profundo. Pegou o jornal e folheou, passando pelas primeiras páginas até chegar à seção de sociedade — ou coluna social, pois não havia realmente uma sociedade em Collinsville.

— Vejamos — disse, ajeitando os óculos de tartaruga no nariz orgulhoso. — "O sr. e sra. Yancey Bates vão a Mobile visitar parentes." Grande coisa, as pessoas estão sempre se visitando — resmungou à meia-voz. Voltou-se então para os avisos fúnebres, leitura que sempre lhe dava um prazer macabro. Dia após dia, pessoas que conhecera a vida inteira, homens e mulheres com os quais havia crescido, estavam todos morrendo. Orgulhava-se de ainda estar viva, enquanto eles jaziam frios e imóveis em seus túmulos.

Beulah entrou no quarto. Aproximou-se da cadeira de balanço onde a senhorita Nannie lia o jornal. Tirou os travesseiros das costas da idosa, afofou-os e voltou a dispô-los confortavelmente por trás da patroa.

— Agora está muito melhor, Beulah. Você sabe que todo ano a esta altura eu pego esse reumatismo. Dói tanto, e eu fico me sentindo tão fraca, realmente tão fraca...

Beulah assentiu com cabeça, compassiva.

— Sim, senhora, e a gente não sabe como é que é? Um tio meu numa época quase que morreu disso.

— Estou vendo no jornal, Beulah, que o velho Will Larson morreu. Engraçado que ninguém tenha me telefonado nem falado nada. Sabe, Beulah, ele era meu amigo, um grande amigo.

Ela balançou a cabeça insinuante, dando a entender, claro, que ele fizera parte da legião dos seus admiradores fantasmas.

— Bom — disse Beulah, olhando para o grande relógio de pêndulo na parede —, acho que tá na hora de ir pro médico pegar seu remédio. Pode ficar tranquila aí que eu já volto.

Ela desapareceu por trás da porta e em cinco minutos Nannie ouviu a porta da frente bater. Passou mais uma vez os olhos pelo jornal. Tentou interessar-se pelo editorial, tentou a matéria sobre o projeto de uma nova fábrica de móveis, mas invariavelmente, obedecendo a alguma força magnética irresistível, voltava aos obituários. Leu-os duas ou três vezes. Sim, tinha conhecido todos eles.

Contemplou, então, as chamas vermelhas e azuis estalando na lareira. Quantas vezes não tinha olhado para aquela lareira? Quantas não haviam sido as manhãs frias de inverno em que saíra de baixo de suas coloridas colchas de retalhos, saltitando pelo piso congelado, tiritando de frio, para acender a fogueira? Milhares de vezes! Ela sempre vivera nessa casa na rua principal do bairro residencial, exatamente como seu pai e o pai dele. Eles tinham sido pioneiros de verdade, ela se orgulhava de sua ascendência. Mas tudo isto ficara para trás, sua mãe e seu pai estavam mortos, e os velhos amigos se iam lentamente, quase despercebidos. Não passaria pela cabeça de ninguém que era o fim de uma espécie de dinastia, uma dinastia da aristocracia sulista — o vilarejo, a aldeia, a cidade. Eles estavam indo à noite, as minúsculas chamas de suas vidas eram assopradas por aquela estranha força invisível.

Ela tirou o jornal do colo e fechou os olhos. O calor e a intimidade do quarto davam-lhe sono. Estava quase caindo no sono quando foi despertada pelo pêndulo que marcava a hora. Um, dois, três, quatro...

Ergueu os olhos e ficou meio assustada, sentindo uma presença no quarto. Lançou mão dos óculos, levou-os ao rosto e passou os olhos no quarto. Parecia tudo em ordem. Estava extremamente sossegado, nem mesmo se ouvia o som de carros passando na rua.

Quando seus olhos enfim focaram, ela o viu. Estava de pé bem na sua frente. Ela teve uma palpitação.

— Oh — disse —, é você.

— Quer dizer que me conhece? — fez o jovem cavaleiro.

— Seu rosto parece familiar.

Sua voz estava calma, apenas surpresa.

— Não me surpreende — disse o cavalheiro, eloquente. — Conheço você muito bem. Lembro-me de ter te visto certa vez quando era ainda uma menininha, uma criança adorável. Não se lembra da vez em que fui visitar sua mãe?

Nannie olhou fixamente para ele.

— Não, não lembro, o senhor não pode ter conhecido minha mãe — é muito jovem. Eu estou velha, o senhor ainda não era nascido quando minha mãe morreu.

— Oh, não... não. Lembro-me perfeitamente da sua mãe. Uma mulher muito sensata. A senhora se parece um pouco com ela. O nariz, os olhos, e as duas tinham a mesma cabeleira branca. Realmente incrível!

O homem olhava para ela. Tinha os olhos muito negros, e os lábios, muito vermelhos, quase como se tivesse passado batom. Ele parecia atraente para a senhora; ela sentia-se atraída por ele.

— Lembro-me do senhor agora. Sim, claro, eu era uma menininha, mas me lembro do senhor, o senhor chegou e me acordou muito tarde numa noite, na noite... — de repente ela engoliu em seco, um brilho de reconhecimento e horror perpassou seus olhos — na noite em que minha mãe morreu!

— Exatamente... Puxa, que memória excelente para uma pessoa de idade!

Ele modulou intencionalmente as últimas palavras.

— Mas também se lembra de mim em muitas outras noites desde então. Na noite em que seu pai faleceu, e incontáveis outras vezes. Sim, sim, exatamente, já a vi muitas vezes, e a senhora me viu, mas só agora, neste momento, é que poderia ter me reconhecido. Caramba, outra noite mesmo eu estava conversando com um velho amigo seu, Will Larson.

O rosto de Nannie empalideceu, seus olhos ardiam, ela não conseguia desviá-los do rosto do homem. Não queria que ele a tocasse; desde que ele não a tocasse, sentia-se segura. Disse então, numa voz surda:

— Então o senhor deve ser...

— Ora, ora — interrompeu o estranho. — Minha boa senhora, vamos falar sério. Não vai doer nada, na verdade, é uma sensação bem agradável.

Ela agarrou os braços da cadeira e começou a balançar agitada.

— Afaste-se — sussurrou com rudeza. — Afaste-se de mim, não me toque, não, agora não, será que é só isto que eu vou levar da vida? Não é justo, fique longe de mim, por favor!

— Oh — riu o insinuante jovem cavalheiro —, minha senhora, está se comportando como uma criança que vai tomar óleo de rícino. Posso lhe garantir que não é nem um pouquinho desagradável. Venha, venha aqui, mais perto, mais perto, deixe-me dar um beijo na sua testa, será perfeitamente indolor, vai se sentir muito tranquila e repousada, será exatamente como adormecer.

Nannie recuou o máximo possível na cadeira. Seus lábios vermelhos pintados estavam se aproximando. Ela queria gritar, mas sequer conseguia respirar. Jamais imaginara que seria assim. Encolheu-se bem no canto mais fundo da cadeira e apertou um dos travesseiros com força contra o próprio rosto. Ele era forte, ela sentia que estava puxando o travesseiro para tirá-lo dela. O rosto dele, os lábios contraídos, os olhos cheios de amor: era como um amante grotesco.

Ela ouviu uma porta bater. Gritou o quanto podia.

— Beulah, Beulah, Beulah!

Ouviu alguém correndo. Afastou então o travesseiro. Era agora observada pelo rosto da mulher de cor.

— Que que foi, senhorita Nannie? Alguma coisa errada? Quer que eu chame o doutor?

— Onde está ele?

— Onde que está quem, senhorita Nannie? Que que você tá falando?

— Ele estava aqui, eu vi, estava atrás de mim, oh, Beulah, estou dizendo que ele estava aqui.

— Ah, meu Deus, senhorita Nannie, é aqueles pesadelos de novo?

Os olhos de Nannie perderam o histérico brilho violeta; ela desviou o olhar da preocupada Beulah. O fogo na lareira morria lentamente, as últimas chamas dançavam elegantes.

— Pesadelo? Desta vez? Acho que não.

LOUISE

Ethel abriu a porta furtivamente e passou os olhos pelo corredor. Estava vazio e ela suspirou de alívio ao fechar a porta. Bom, agora estava feito, e a única coisa que descobrira foi que Louise não tinha ficado com sua correspondência ou então a tinha queimado. Os outros devem estar lá embaixo jantando, pensou; direi que estava com uma terrível dor de cabeça.

Ela se arrastou escada abaixo e rapidamente atravessou o grande saguão, passando pelo terraço até chegar à sala de jantar. O ambiente estava tomado pelo som de meninas rindo e conversando. Sem ser notada, ela se sentou ao lado de Madame na quarta mesa do salão de jantar discretamente pretensioso da Academia de Moças da senhorita Burke.

Em resposta ao olhar inquisidor de Madame, ela mentiu:

— Tenho estado com uma terrível dor de cabeça... Deitei para descansar um pouco e acho que devo ter caído no sono... Não ouvi a sineta) do jantar.

Falava com a irretocável perfeição de vocabulário e prosódia que a senhorita Burke tanto desejava ver dominada pelas alunas. Na opinião da senhorita Burke, Ethel era a síntese de tudo que jamais poderia esperar de suas alunas. Uma mocinha de dezessete anos com boas origens, rica e com certeza uma mente das mais brilhantes. Em sua maioria, as garotas da Academia achavam Ethel mais para burrinha — isso é, para as coisas da vida. Ethel, por sua vez, culpava por sua impopularidade Louise Semon, uma garota francesa muito bela e requintada.

Louise era tida por todo mundo como a Abelha Rainha da Academia. As garotas a adoravam e as professoras a admiravam enciumadas tanto pelo intelecto quanto pela beleza quase inquietante. Era uma menina alta, de magníficas proporções, com uma pele morena azeitonada. O rosto emoldurado por cabelos de um profundo negro lustroso que caíam abundantes e ondulados até os ombros — e que, em determinadas condições de iluminação, projetavam um halo azulado. Seus olhos, como certa vez exclamara a Madame da mesa quatro num arroubo de admiração, eram negros como a noite. Ela era muito querida por todo mundo — todo mundo, exceto Ethel e possivelmente a própria senhorita Burke, que de certo modo se ressentia um pouco da influência da menina sobre toda a escola. Ela não achava bom para a escola nem para a própria Louise. Ela trouxera excelentes cartas de apresentação da Petite Ecole, na França, e da Mantone Academy, na Suíça. A senhorita Burke não estivera com os pais da menina, que moravam num chalé em Genebra. Todas as providências tinham sido tomadas por um certo sr. Nicoll, o tutor americano de Louise, de quem a senhorita Burke recebia anualmente o cheque. Louise chegara no início do semestre de outono, e em questão de cinco meses tinha a academia na palma das mãos.

Ethel desprezava a tal da Semon, que, segundo diziam, era filha de um conde francês e de uma herdeira corsa. Detestava tudo nela: a aparência, a popularidade e o menor dos detalhes em sua pessoa, além de seus maneirismos. E Ethel não sabia muito bem por que — não era só por ciúmes, embora isso fosse uma parte importante; não era por achar que Louise ria dela pelas costas ou por ela se comportar como se Ethel não existisse — era algo mais. Ethel tinha uma desconfiança a respeito de Louise sobre a qual ninguém jamais sonharia — e estava decidida a descobrir se tinha razão. Louise talvez não fosse essa maravilha toda. Podia não ter encontrado nada no quarto dela esta tarde, nem mesmo uma carta — nada. Mas no refeitório Ethel sorriu na direção da mesa onde Louise estava sentada alegre, rindo e falando muito, no centro das atenções — Ethel sorriu, pois tinha uma pequena entrevista com a senhorita Burke programada para esta noite!

II

O relógio de pêndulo batia oito horas no salão de recepção do alojamento da senhorita Burke, onde Ethel nervosamente esperava de pé. As luzes eram fracas, e os cantos do ambiente estavam no escuro — o clima todo era frio e vitoriano. Ethel esperava na janela, observando a primeira neve do ano, o manto branco sobre as árvores nuas e o empoeirado envoltório de prata do solo. "Um dia vou escrever um poema sobre isto: 'A primeira neve', de Ethel Pendleton." Sorriu sem vontade e sentou numa cadeira escura coberta de tapeçaria.

A porta do outro lado do compartimento abriu-se e Mildred Barnett surgiu da sala de estar da senhorita Burke.

— Boa noite, senhorita Burke, e obrigadíssima pela sua ajuda.

Ethel afastou-se da sombra e atravessou rapidamente o salão. Deteve-se na porta da sala de estar da senhorita Burke e respirou fundo; sabia exatamente o que diria — afinal, a senhorita Burke devia saber do que ela estava desconfiando; seria tudo pelo bem da escola, nada mais. Mas Ethel sabia que estava mentindo até para si mesma. Bateu de leve na porta e esperou até ouvir a voz aguda da senhorita Burke.

— Entre, por favor.

A senhorita Burke estava sentada em frente à lareira, bebendo café numa pequena *demi-tasse* de porcelana. Não havia nenhuma outra luz no compartimento, e Ethel pensou, ao sentar-se na almofada macia aos pés da senhorita Burke, que curiosamente parecia uma cena de paz e alegria num cartão de Natal.

— Que gentileza sua vir procurar-me, Ethel, querida. Posso fazer alguma coisa por você?

Ethel quase teve vontade de rir — como era engraçado, irônico. Em quinze minutos aquela mulher de idade toda controlada estaria bem abalada.

— Senhorita Burke, tomei conhecimento de algo que, na minha opinião, requer sua imediata atenção.

Escolhera com cuidado as palavras e as pronunciara exatamente do jeito que a senhorita Burke tão entusiasticamente considerava correto e refinado.

— Tem a ver com Louise Semon. Veja bem, um amigo da minha família, um médico, veio me visitar recentemente aqui na escola e...

A senhorita Burke pôs de lado a *demi-tasse* e ouviu a história de Ethel com chocada perplexidade. Seu rosto altivo ruborizou-se. Em dado momento do relato, exclamou:

— Mas, Ethel, não pode ser verdade — eu tomei todas as providências em contato com uma pessoa de evidente integridade — um certo sr. Nicoll — e ele certamente saberia que jamais poderíamos permitir semelhante coisa, uma coisa tão terrível!

— Eu sei que é verdade — exclamou Ethel, petulante ante a descrença da outra. — Eu juro! Fale com esse sr. Nicoll amanhã, pergunte a ele. Diga-lhe que a situação é intolerável e ameaça o prestígio da nossa escola, se eu estiver certa. Eu sei que estou. Não, não confie apenas no sr. Nicoll. Será que não há alguma autoridade...?

E a senhorita Burke assentiu com a cabeça. Ficava mais convencida e mais chocada a cada minuto. Havia apenas o som da voz de Ethel e o ronronar macio do fogo — e a suave presença da neve caindo, sussurrando na vidraça.

III

Uma luz pálida estava acesa no corredor quando Ethel chegou a seu quarto. O sinal para apagar as luzes fora dado uma boa hora antes. Ela teria de se despir no escuro. No momento em que entrou no quarto, sentiu que havia algo errado. Sabia que não estava sozinha.

Num sussurro amedrontado, perguntou:

— Quem está aí?

Subitamente aterrorizada, pensou: "É Louise. Ela deve ter descoberto — ela sabe — e veio até aqui."

E então, por cima da batida do próprio coração, ouviu um farfalhar suave de seda e uma mão agarrou seu braço com força.

— Sou eu, Mildred.

— Mildred Barnett?

— Sim, vim aqui para impedi-la de continuar fazendo isto!

Ethel tentou achar graça, mas o impulso parou não sabia onde e, em vez disso, ela tossiu.

— Não tenho a menor, nem a mais mínima ideia do que você está falando. Fazer o quê?

Mas ela sentia a falsidade na própria voz e estava assustada.

Mildred sacudiu-a.

— Você sabe do que estou falando! Você foi falar com a senhorita Burke esta noite. Eu fiquei ouvindo. Talvez não seja a coisa mais bonita de se fazer, mas ainda bem que eu fiz, para poder ajudar Louise a desmascarar a mentira que você contou esta noite.

Ethel tentou afastar o braço da acusadora.

— Pare! Está me machucando!

— Você mentiu, não foi? — A voz de Mildred estava rouca de indignação.

— Não. Não. Era verdade. Juro. A senhorita Burke vai descobrir se não é verdade; e você verá. Não vai mais achar que a lindinha da senhorita Semon é assim tão maravilhosa!

Mildred soltou Ethel.

— Olhe aqui, para mim não faria a mais ínfima diferença ser verdade ou não. Você não bate nem nos pés daquela garota.

Ela fez uma pausa para escolher bem as palavras.

— Ouça o que estou dizendo: vá procurar a senhorita Burke e diga que estava mentindo, ou não posso me responsabilizar pela sua saúde, Ethel Pendleton. Você está brincando com fogo!

Com essa despedida, ela abriu a porta e saiu batendo-a estrondosamente.

Ethel ficou tremendo na horripilante escuridão. Não era por causa de Louise — não estava nem aí para ela —, eram as outras. Mildred provavelmente contaria, e por isto ela percebeu de repente que ia chorar.

IV

A senhorita Burke estava deitada no sofá da sua sala de estar, a cabeça apoiada numa gigantesca almofada de seda cor-de-rosa. Com as mãos, pressionava fortemente os olhos, tentando livrar-se da terrível dor de cabeça que moía seus atormentados nervos.

A senhorita Burke pensou, com um calafrio, no que teria acontecido se Ethel tivesse contado às outras alunas, e não a ela — e elas por sua vez contassem aos pais. Sim, Ethel merecia um elogio.

Quando Ethel entrou no reino privado da diretora, o relógio da sala de recepção batia cinco horas. O débil sol de inverno desaparecera, e o cinzento anoitecer de janeiro filtrava-se sem força pelas pesadas cortinas. Ela percebeu que a senhorita Burke estava emocionalmente perturbada.

— Boa tarde, querida.

A voz da senhorita Burke estava cansada e tensa.

— Quer falar comigo?

Ethel procurava guardar a aparência mais inocente possível.

A senhorita Burke fez um gesto de contrariedade.

— Vamos direto ao ponto. Você estava certa. Falei com o sr. Nicoll e exigi um relatório completo dos pais da menina. Sua mãe era uma negra americana, uma mulata, para ser mais precisa, do Oeste. Era uma dançarina sensacional em Paris e casou com um francês rico e nobre, Alexis Semon. De modo que Louise, como você suspeitava, é uma pessoa de cor. A palavra técnica, eu diria, é *quadrarona*. Muito desagradável. Como expliquei ao sr. Nicoll, é uma situação intolerável. Eu disse a ele que ela seria imediatamente expulsa. Ele vem buscá-la esta noite. Naturalmente, tive uma conversa com Louise e lhe expliquei a situação com toda benevolência — oh, mas por que descer a esses detalhes?

Ela olhou para Ethel como se buscasse simpatia, mas viu apenas o rosto de uma jovem, com os lábios finos espraiados num sorriso sardônico de triunfo. A senhorita Burke deu-se conta subitamente de que fora usada por aquela garota enciumada. E disse abruptamente:

— Por favor, deixe-me agora.

Após a partida de Ethel, a senhorita Burke ficou deitada no sofá recordando, com uma clareza horrível, tudo que Louise dissera em defesa própria. Que diferença fazia? Ela não parecia uma pessoa de cor. Era tão inteligente e encantadora quanto qualquer das outras garotas — e mais educada que a maioria delas. E estava tão feliz ali; a América por acaso não era uma democracia?

A senhorita Burke tentou consolar-se com a ideia de que o que fizera tinha de ser feito — afinal, estava à frente de uma instituição de prestígio. Tinha sido malevolamente induzida a aceitar a menina. Mas alguma coisa insistia em dizer-lhe que estava errada, e que Louise estava certa!

V

Eram nove horas e Ethel estava na cama olhando para o teto — tentando não pensar em nada nem ouvir nada. Queria cair no sono e esquecer.

De repente, ouviu uma leve batida à porta. E então a porta se abriu e lá estava Louise Semon.

Ethel fechou os olhos com força — não estava contando com isto.

— O que você quer aqui?

Falava voltada para o teto, sem virar a cabeça.

A linda menina ficou de pé junto à cama fitando diretamente o rosto de Ethel, que sentia aqueles olhos escuros olhando para ela, e sabia que estavam carregados de lágrimas.

— Vim perguntar por que você fez isto comigo. Me detesta tanto assim?

— Eu a odeio.

— Por quê?

Louise fazia a pergunta sinceramente.

— Não sei. Por favor, vá embora; deixe-me em paz!

Ela ouviu quando Louise abriu a porta.

— Ethel, você é uma garota estranha. Acho que eu não entendo...

E a porta se fechou.

Minutos depois, Ethel ouviu um carro na rampa de entrada. Chegou à janela para olhar. Uma limusine preta dava a volta nos portões de pedra, deixando a escola. Ao se voltar, Ethel deu com o rosto de Mildred Barnett.

Mildred disse simplesmente:

— Bem, Ethel, você ganhou e perdeu, ao mesmo tempo. Eu disse que estava brincando com fogo. Sim, Ethel, de certo modo você teve mesmo um desempenho brilhante. Será que devo aplaudir?

Isto é para Jamie

Quase toda manhã, exceto aos domingos, a senhorita Julie levava Teddy para brincar no parque. Teddy adorava esses passeios diários. Levava sua bicicleta ou alguns brinquedos e se divertia enquanto a senhorita Julie, feliz por se ter livrado dele, fofocava com as outras babás e flertava com os oficiais. Teddy gostava do parque sobretudo de manhã, quando o sol estava quente e a água jorrava das fontes em jatos de cristal.

— Parece mesmo ouro, não é, senhorita Julie? — perguntava ele à babá toda de branco e cuidadosamente maquiada.

— Nada mal se fosse! — resmungava a senhorita Julie.

Na noite anterior ao dia em que Teddy conheceu a mãe de Jamie, havia chovido e, pela manhã, o parque estava fresco e verdejante. Embora já fosse o fim de setembro, parecia mais uma manhã de primavera. Teddy corria pelas pistas pavimentadas do parque com selvagem exuberância. Ele era um índio, um detetive, um senhor de terras, um príncipe de conto de fadas, era um anjo, conseguiria escapar dos ladrões pelo matagal — e, principalmente, estava feliz e tinha duas horas inteiras só para si.

Estava brincando com sua corda de caubói quando a viu. Ela veio pelo caminho e sentou num dos bancos vazios. Sua atenção foi atraída, primeiro, pelo cachorro que ela trazia. Ele adorava cães, tinha loucura para ter um, mas o pai dissera que não, pois não queria ter de domesticar um filhote, e um cachorro adulto não seria a mesma coisa. O cachorro daquela mulher era exatamente do jeito que ele sempre quisera. Um terrier de pelo áspero, quase ainda um filhote.

Ele se aproximou lentamente, meio envergonhado, e acariciou a cabeça do cão.

"Ele é um amigão", "Que garoto legal". Era o que diziam nos filmes e histórias de aventuras que a senhorita Julie lia para ele.

A mulher olhou para ele. Teddy achou que ela tinha mais ou menos a idade de sua mãe, mas o cabelo da sua mãe não era tão bonito assim. O dela parecia de ouro, todo ondulado e macio.

— Ele é um cachorro maravilhoso. Gostaria de ter um assim.

A mulher sorriu, e foi quando ele achou que ela era muito bonita.

— Não é meu — disse ela. — É do meu garotinho. Sua voz também era bonita.

Imediatamente o olhar de Teddy se iluminou.

— A senhora também tem um menino como eu?

— Ele é um pouco mais velho que você. Tem nove anos.

Teddy logo exclamou, ávido:

— Eu tenho oito, quase oito.

Ele parecia menor. Era pequeno para sua idade e muito moreno. Não era uma criança bonita, mas tinha um rosto agradável e um jeito afável.

— Como se chama o seu filho?

— Jamie... Jamie.

Ela parecia feliz ao dizer o nome.

Teddy levantou-se do banco ao lado dela. O cão ainda estava querendo brincar e continuou a pular sobre Teddy e a arranhar suas pernas.

— Senta, Frisky — ordenou a mulher.

— É o nome dele? — perguntou Teddy. — Que nome bárbaro! Ele é um cachorro tão legal. Queria ter um, eu poderia trazê-lo ao parque todo dia e a gente podia brincar, e à noite eu conversaria com ele, em vez de conversar com a senhorita Julie, pois Frisky não se importaria com o que eu dissesse. Não é, amiguinho?

A mulher deu uma boa risada meio triste.

— Acho que é por isso que o Jamie é maluco pelo Frisky.

Teddy aconchegou o cão em suas pernas.

— E o Jamie corre com ele no parque e brinca de índio e essas coisas?

A mulher recolheu o sorriso. Desviou o olhar para o reservatório. Por um momento Teddy achou que estava zangada com ele.

— Não — ela respondeu —, não, ele não corre com Frisky. Só brinca com ele no chão, ele não pode sair de casa. Por isto é que eu trago Frisky para passear. Jamie nunca veio ao parque, ele é doente.

— Puxa, eu não sabia.

Teddy ficou ruborizado. De repente, viu a senhorita Julie se aproximando, e sabia que ficaria aborrecida se o visse conversando com uma estranha.

— Espero encontrá-la de novo — disse —, mande um alô para o Jamie. Agora eu tenho de ir, mas a senhora estará aqui amanhã, talvez?...

A mulher sorriu; ele voltou a pensar em como ela era legal e bonita. Apressou-se pelo caminho na direção da senhorita Julie, que jogava migalhas de pão para os pombos. Voltou-se para trás e lançou:

— Até logo, Frisky.

Os cabelos ondulados da mulher brilhavam no sol.

II

Naquela noite, ele não parava de pensar na mulher e no garotinho, Jamie. Devia estar mesmo muito doente para não poder sair de casa. E, deitado na cama, Teddy via Frisky o tempo todo. Esperava que a mulher estivesse lá no dia seguinte.

De manhã, a senhorita Julie acordou-o com uma sacudidela e uma voz de comando.

— Vamos lá, carcaça preguiçosa! Levante-se desta cama agora mesmo, ou não irá ao parque.

Imediatamente ele saltou da cama e correu para a janela. A manhã estava clara e fresca, com o típico cheiro das primeiras horas. O parque devia estar lindo hoje!

— Oba! Oba! — berrou ele, correndo desenfreado para o banheiro.

— Mas o que foi que deu nesta criança? — fez a senhorita Julie, olhando no maior espanto para aquele Teddy tão apressado.

Ao chegarem ao parque, Teddy desgarrou-se da senhorita Julie enquanto ela conversava com duas outras babás. As longas alamedas curvas do parque estavam quase desertas. Ele se sentiu completamente livre e só. Escapuliu por um matagal e chegou ao reservatório, onde viu, bem à sua frente, a mulher com o cão.

Ela olhou quando o cão começou a latir para Teddy.

— Olá, Teddy — cumprimentou-o, calorosa.

Ele ficou feliz de ver que ela se lembrava dele. Como ela era gentil!

— Olá, olá, Frisky.

Ele se sentou no banco e o cão pulou sobre ele, lambendo sua mão e pressionando suas costelas.

— Ai! — reclamou Teddy. — Está fazendo cócegas!

— Eu o estava esperando há quase dez minutos — disse a mulher.

— Me esperando? — fez ele, espantado e tonto de alegria.

— Sim — ela riu. — Preciso voltar para o Jamie antes do fim do dia.

— Claro — apressou-se Teddy a dizer, feliz. — Claro, tem mesmo, não é? Ele deve sentir falta do Frisky quando vocês estão aqui no parque. Só sei que nunca deixaria ele se afastar se fosse meu.

— Mas o Jamie não tem a sua sorte — disse ela. — Ele não pode correr e brincar.

Teddy afagou o cão; pressionou o focinho frio contra sua bochecha quente. Tinha ouvido dizer que os cães de focinho frio eram saudáveis.

— Qual a doença de Jamie?

— Oh — respondeu ela, com ar vago. — É como uma tosse, uma tosse muito forte.

— Então ele não deve estar muito doente — retrucou Teddy, animado. — Eu já tossi muito, e nunca fiquei de cama mais de dois ou três dias.

Ela sorriu sem muita vontade. Os dois ficaram em silêncio. Teddy aconchegou o cão no colo, com vontade de sair correndo com ele pelos extensos gramados com a tabuleta "NÃO PISAR NO GRAMADO".

Então ela se levantou e pegou a correia do cão.

— Agora eu tenho de ir — disse.

— Mas já vai embora?

— Sim, tenho de ir. Prometi a Jamie que voltaria logo. Era apenas para eu ter ido até a loja de charutos da esquina e comprar algumas histórias em quadrinhos para ele. Ele vai chamar a polícia se eu não voltar logo.

— Puxa — fez ele, ansioso —, eu tenho muitas histórias em quadrinhos em casa. Amanhã vou trazer algumas para o Jamie!

— Ótimo — disse a mulher. — Vou dizer a ele. Ele adora quadrinhos.

E tomou seu rumo.

— Venho encontrá-la aqui amanhã e trarei os quadrinhos. Vou trazer muitos! — gritou ele na sua direção.

— Tudo bem — devolveu ela —, amanhã.

100

Enquanto a via afastar-se, ele pensou em como devia ser maravilhoso ter uma mãe assim e um cão como Frisky. Caramba, Jamie era realmente um garoto sortudo, pensou. E então ouviu a voz aguda da senhorita Julie chamando.

— Teddy, alô-o-o-ou! Teddy, venha aqui agora mesmo. A senhorita Julie está procurando você em toda parte. Você é um menino muito levado e a senhorita Julie está zangada com você.

Ele se voltou rindo e correu na direção dela, e de repente, correndo o máximo que podia, sentiu-se um broto de árvore vergando ao vento.

Naquela noite, depois de jantar e tomar banho, ele começou a juntar suas revistas em quadrinhos. Estavam jogadas de qualquer jeito no armário, na caixa de madeira, na prateleira de livros. Não fossem as revistinhas, com suas capas coloridas, sua estante era a própria imagem da solenidade literária: *O Livro infantil do conhecimento, Jardim de versos para as crianças, Os Livros que toda criança deve ler.*

Conseguiu juntar trinta números razoavelmente recentes antes que a mãe e o pai viessem dar boa noite. A mãe trajava um longo vestido de noite florido e tinha flores e perfume nos cabelos. Ele adorava o perfume de gardênia, de uma doçura tão pungente. O pai estava de smoking, com a cartola de seda.

— Para que todos esses quadrinhos? — perguntou a mãe.

— Para um amigo — disse Teddy, na esperança de ver encerradas as perguntas. Não seria o mesmo segredo, nem tão excitante, se a mãe soubesse.

— Vamos, Ellen — chamou o pai, impaciente. — A cortina sobe às oito e meia, e já estou cansado de chegar no meio dos shows.

— Boa noite, querido!

— Boa noite, filho.

Ele jogou um beijo quando os dois fecharam a porta. Em seguida, voltou-se rapidamente para suas revistinhas. Pegou um papel de embrulho no qual viera seu novo casaco e as embrulhou desajeitadamente. Ficou um pacote bem grande, que ele amarrou apertado com um cordão grosseiro. Deu então um passo atrás para contemplar. Algo estava errado, pensou. Não estava nada bonito; nem parecia um presente.

Foi até sua mesa, deu uma boa busca e encontrou uma caixa de lápis de cor. Alternando letras vermelhas e verdes, escreveu então: "ISTO É", e mudou para azul e vermelho, "PARA JAMIE — DE TEDDY."

Satisfeito, botou o pacote de lado antes que a senhorita Julie viesse apagar a luz e abrir a janela.

Na manhã seguinte, antes de irem para o parque, ele pegou seu pequeno supervagão vermelho, botou o pacote dentro e cobriu com brinquedos.

Ao chegarem ao parque, Teddy logo viu que seria fácil se livrar da senhorita Julie. Ela tinha posto seu melhor vestido. Estava toda animada, com mais batom que de hábito. Teddy sabia que ela esperava encontrar o oficial O'Flaherty no parque. O oficial O'Flaherty era o noivo da senhorita Julie, pelo menos era o que ela achava.

— Vai, Teddy, pode correr e se divertir, mas veja bem, a senhorita Julie vai encontrá-lo no playground.

Ele saiu correndo na maior velocidade na direção do reservatório. Puxando o vagãozinho, não podia pegar nenhum atalho, pois ele vinha atrás aos solavancos.

Então viu Frisky e a mulher sentada no banco.

— Ora ora, muito bem, chegou na hora — riu ela ao vê-lo.

Ele puxou o carrinho até a lateral do banco, retirou os brinquedos e exibiu orgulhosamente seu grande pacote de revistas.

— Puxa — exclamou ela —, que pacote grande! Nossa, Jamie nunca mais vai acabar de ler todas elas. Ele vai adorar, Teddy. Vem aqui; deixa eu lhe dar um beijo.

Ele ficou ligeiramente ruborizado ao receber o beijo na bochecha.

— Você é um menino adorável — disse ela, suavemente, ao se levantar e recolher seu casaco. — Tivemos de levar Jamie para o hospital esta noite.

— Ele não vai poder ler as revistas? — perguntou Teddy, ansioso.

— Vai, sim — ela sorriu —, claro, isso vai mantê-lo ocupado. Só estou preocupada em saber se vou conseguir carregá-las.

Ela levantou o enorme pacote e suspirou fundo. Frisky pulava ao redor, estirando a correia e quase fazendo-a deixar cair o embrulho.

— Pare com isto, Frisky — gritou Teddy.

— Bom, obrigada mais uma vez, Teddy. Hoje não posso ficar.

Ela acenou com a mão e seguiu seu rumo. Frisky a puxava de volta na direção de Teddy.

— Virá amanhã? — perguntou Teddy.

— Não sei... talvez — respondeu ela; e então virou numa curva e desapareceu.

Ele queria correr atrás dela, acompanhá-la ao hospital e conhecer Jamie, brincar com Frisky e ganhar mais um beijo da mulher e ouvir dela que era um menino muito legal. Mas teve de ir para o playground, onde se encontrou com a senhorita Julie e voltou para casa.

No dia seguinte, foi ao parque e se encaminhou diretamente para o banco, mas não havia ninguém. Esperou hora e meia, até que teve a súbita e terrível certeza de que ela não viria — de que nunca mais voltaria e ele não poderia vê-la de novo, nem a Frisky. Quis chorar, mas não se permitiu.

O dia seguinte era domingo e ele não podia ir ao parque. De manhã, foi à igreja. Depois, sua avó veio fazer uma visita e ficou paparicando-o a tarde inteira.

— Se quer saber, Ellen, esse menino está doente! Passou a tarde inteira estranho. Pois não é que eu lhe dei dinheiro para comprar um refrigerante e ele disse que não queria?! Disse que queria um cachorro, um cão de pelo áspero para chamar de Frisky. Não é estranho?

Naquela mesma noite, o pai tentou descobrir o que estava acontecendo.

— Filho, não está se sentindo bem? Pode me contar se houve alguma coisa errada.

Teddy franziu a boca.

— Ora, pai, é um cachorro, um cachorrinho chamado Frisky... a mãe de um menino doente... Jamie... ele...

A mãe chegou à porta.

— Bill, se vamos à casa dos Abbott é melhor se apressar. Eles estão nos esperando para os coquetéis às sete.

O pai levantou-se, olhou para o relógio e disse:

— Vou conversar com você sobre isto numa outra hora, filho.

Saiu, então, e pouco depois Teddy ouviu a porta do apartamento bater.

Estava deitado na cama atravessado e chorando quando a senhorita Julie entrou. Estava muito agitada, o rosto vermelho. Tomou-o nos braços e acariciou sua cabeça. Pela primeira vez ele a via reconfortar alguém. Por um momento, quase ficou gostando dela.

— Adivinha só o que aconteceu, Teddy! Ah, você nunca seria capaz de imaginar! Adivinha?

Ele olhou para ela e parou de chorar.

— Não quero adivinhar. Não estou com vontade. Minha mãe e meu pai não me amam... ninguém me ama... pelo menos ninguém que você conheça.

A senhorita Julie fez troça.

— Mas como você é bobinho, Teddy. Muito tolinho... mas, bom, acho que todos nós passamos por essa idade.

A senhorita Julie e suas idades!

— Mas você ainda não adivinhou. Pois bem, vou contar. O sr. O'Flaherty me pediu em casamento!

Seu rosto era um sorriso só.

— E você aceitou? — perguntou ele.

Ela estendeu a mão e exibiu um anel de prata com ametista, que pareceu a Teddy um anel de noivado.

Então ela se levantou e correu para o quarto. Nessa noite, não voltou para botá-lo na cama e abrir a janela.

Na manhã seguinte, ele acordou muito cedo. Ninguém tinha acordado, nem a senhorita Julie; e não vinha som algum do quarto dos pais, ou da empregada. Vestiu-se em silêncio, com todo cuidado. Depois saiu de fininho do apartamento e percorreu o longo corredor em direção à escada. Não ousou chamar o elevador.

No parque, fazia frio, mas o dia estava lindo. Não havia ninguém, só um homem dormindo num banco. Estava todo encolhido e parecia tão faminto e com tanto frio e tão feio que Teddy passou depressa por ele sem coragem de olhar de novo.

Seguiu até o reservatório e sentou no mesmo velho banco. Tomou a decisão de ficar sentado ali até que aparecessem Frisky e a mãe de Jamie, mesmo se passasse o dia inteiro.

A água estava linda. Imaginou que era um grande oceano e que navegava por ele, enquanto músicos tocavam ao fundo, exatamente como nos filmes.

Já estava sentado ali havia muito tempo quando viu o primeiro cavaleiro passar. Sabia que devia estar ficando tarde se já era a hora de os cavaleiros chegarem. Depois do primeiro, eles começaram rapidamente a aparecer em quantidade. E ele os contava ao passarem. Já tinha visto muitas celebridades cavalgando no parque, mas sem a senhorita Julie para identificá-las, não podia diferençá-las das pessoas comuns.

Até que começaram a chegar as babás com os carrinhos de bebê. Eram quase dez horas. O sol brilhava alto e pleno no céu. No sonolento calor de seus raios, ele próprio se sentia adormecer.

De repente, ouviu um uivo e um latido. Um pequeno terrier de pelo áspero pulou no banco a seu lado.

— Frisky! Frisky! — Ele gritou. — É você!

Um sujeito alto e magro estava na outra extremidade da correia. Teddy olhou para ele, espantado.

— Como se chama, filho? — perguntou o estranho.

— Teddy — respondeu ele numa vozinha assustada.

O homem entregou-lhe um envelope.

— Então é para você.

Teddy abriu-o ansioso. Estava escrito numa longa e elegante caligrafia. Ele teve dificuldade de ler.

Caro Teddy,

O Frisky é para você. Jamie teria desejado que você ficasse com ele.

Não estava assinado. Teddy ficou olhando para o bilhete um tempão, até deixar de ver o que estava escrito. Agarrou o cão bem junto a si e o apertou o quanto pôde. Seria capaz de explicar de algum jeito para mamãe e papai.

Então lembrou-se do homem. Olhou na sua direção. Olhou ao redor, mas ele se fora, e só dava para ver o caminho e as árvores e a grama e o reservatório brilhando no sol da manhã.

LUCY

Lucy era realmente o produto do amor de minha mãe pela culinária sulista. Eu estava passando o verão no Sul quando minha mãe escreveu a minha tia pedindo que encontrasse uma mulher de cor que soubesse cozinhar de verdade e estivesse disposta a vir para Nova York.

Depois de explorado o território, o resultado foi Lucy. Sua pele era de um azeitonado profundo, e seus traços eram mais finos e leves que os da maioria dos negros. Ela era alta e razoavelmente arredondada. Fora professora na escola de crianças de cor. Mas parecia dotada de uma inteligência natural, não formada por livros, e, sim, uma filha da terra com profunda compreensão e compaixão por todos os seres vivos. Como a maioria dos negros do Sul, era muito religiosa e ainda hoje consigo vê-la sentada na cozinha lendo sua Bíblia, declarando muito séria que era uma "filha de Deus".

De modo que ganhamos Lucy, e quando ela desceu do trem naquela manhã de setembro na Estação Pensilvânia, o orgulho e o sentimento de triunfo transpareciam no seu olhar. Ela me disse que a vida inteira quisera vir para o Norte, em suas palavras, "viver como um ser humano".

Naquela manhã, sentia que nunca mais na vida desejaria ver pela frente Jim Crow, com seu fanatismo religioso e sua crueldade.

Na época, morávamos num apartamento na Riverside Drive. De todas as janelas da frente tínhamos uma excelente vista do rio Hudson e dos Penhascos de Jersey, erguendo-se majestosos para o céu. Pela manhã, eles pareciam arautos saudando o alvorecer e, ao cair da noite no pôr do sol, quando a água era tingida pela confusão de tons rubros, os penhascos cintilavam magnificamente, como sentinelas de um mundo antigo.

Às vezes, ao pôr do sol, Lucy sentava junto à janela do apartamento e ficava contemplando amorosamente o espetáculo do cair da noite na maior metrópole do mundo.

— Hum, hum — dizia então —, se Mamãe e George estivessem aqui para ver isto.

E no início ela gostava das luzes fortes e de todo aquele ruído. Quase todo sábado me levava à Broadway e nós fazíamos uma farra teatral. Ela adorava os vaudevilles, e o luminoso da Wrigley por si só já era um espetáculo.

Lucy e eu estávamos sempre juntos. Às vezes, de tarde, depois da escola, ela me ajudava no dever de matemática, pois era muito boa em matemática. Lia bastante poesia, mas não entendia muito do assunto, apenas gostava do som das palavras e às vezes dos sentimentos por trás delas. Foi por causa dessas leituras que percebi o quanto ela sentia saudades de casa. Quando eram poemas com um tema ligado ao Sul, ela os lia lindamente, com um sentimento de compaixão único. Com sua voz suave, recitava os versos com ternura, claramente, e se eu desse uma olhada rápida podia ver que havia um iniciozinho de lágrima brilhando no intenso negrume daqueles olhos. E então ela dava uma risada se eu tocasse no assunto e dava de ombros.

— Mas foi lindo, não foi?

Quando estava trabalhando, Lucy invariavelmente acompanhava o que fazia cantando suavemente um "blues" do mais puro. Eu gostava de ouvi-la cantando. Certa vez, fomos ver Ethel Waters, e ela passou vários dias andando pela casa imitando Ethel, e acabou anunciando que ia participar de um concurso amador. Eu nunca vou esquecer esse concurso. Lucy ficou em segundo lugar, e eu, com as mãos doendo de tanto aplaudir. Ela cantou "It's De-Lovely, It's Delicious, It's Delightful". Até hoje eu lembro a letra, de tantas vezes que a ensaiamos. Ela morria de medo de esquecer os versos e, quando subiu ao palco, sua voz tremia só um pouquinho, exatamente para ficar parecendo com Ethel Waters.

Mas Lucy acabou abandonando a carreira musical, pois conheceu Pedro e não tinha muito tempo para outras coisas. Ele era um dos trabalhadores do prédio, e ele e Lucy viviam grudados. Lucy só estava em Nova York havia cinco meses quando isso aconteceu e, tecnicamente, ainda estava verde. Pedro era muito esperto, usava roupas espalhafatosas, e além do mais eu ficava furioso porque não conseguia mais ir aos shows. Mamãe achava graça e dizia:

— Parece mesmo que a perdemos, ela também vai virar uma nortista.

Ela nem parecia estar ligando muito, mas eu ligava.

No fim das contas, Lucy também não gostava de Pedro e então ficou mais solitária que nunca. Às vezes eu lia sua correspondência, quando ela a deixava aberta pela casa. Eram coisas mais ou menos assim:

Querida Lucy,

é o seu Pai ele ficou doente, de cama. Mandou dar um oi pra você. A gente acha que agora que você tá aí você não tem mais tempo pra gente que é pobre. Seu irmão George ele foi pra Pensacola, ele trabalha lá na fábrica de garrafa. A gente te ama muito,

Mamãe

Às vezes, tarde da noite, eu a ouvia chorando baixinho em seu quarto, e então entendi que ia voltar para casa. Nova York era uma imensa solidão. O rio Hudson ficava sussurrando "rio Alabama". Sim, rio Alabama, com suas águas barrentas avermelhadas cheias até a margem e seus pequenos afluentes pantanosos.

Todas aquelas luzes — faróis brilhando na escuridão, o canto solitário de um noitibó-oriental, um trem soltando seu grito melancólico na noite. Cimento duro, aço brilhante e frio, fumaça, coisas caricatas, o barulho abafado do metrô nos subterrâneos úmidos. Trepidação, trepidação — gramados verdes e macios — e também o sol, quente, muito quente, mas tão reconfortante, pés descalços, e um regato fresco com areia no fundo e seixos redondos e macios como sabonete. Cidade não é lugar para ninguém nesse mundo, Mamãe está me chamando de volta. George, eu sou filha de Deus.

Sim, eu sabia que ela ia voltar. De modo que quando me disse que estava indo embora, não me surpreendi. Abri e fechei a boca e senti as lágrimas nos olhos e aquele vazio no estômago.

Ela se foi no mês de maio. Era uma noite quente e o céu sobre a cidade estava vermelho. Eu lhe dei uma caixa de doces, cerejas com cobertura de chocolate (pois eram as que ela mais gostava) e um pacote de revistas.

Mamãe e Papai a levaram de carro até a rodoviária. Quando saíram do apartamento, corri até a janela e me debrucei no parapeito para vê-los sair do prédio e entrar no carro, que lenta e suavemente foi desaparecendo.

E eu já podia ouvir Lucy contando: "Puxa vida, Mamãe, Nova York é maravilhosa, aquela gente toda, e eu vi estrelas de cinema em pessoa, puxa, Mamãe!"

O TRÂNSITO PARA O OESTE

IV

Quatro cadeiras e uma mesa. Na mesa, papel — nas cadeiras, homens. Janelas dando para a rua. Na rua, gente — batendo nas janelas, chuva. Talvez fosse uma abstração, apenas uma imagem pintada, só que havia pessoas, inocentes, despreocupadas, que se movimentavam lá embaixo e a chuva que molhava a janela.

Como os homens não se mexiam, o documento legal, preciso, sobre a mesa, não se movia. E então —

— Senhores, nossos quatro interesses convergiram, foram verificados e harmonizados. As iniciativas de cada um agora devem obedecer ao interesse próprio. Quero, deste modo, sugerir que cada um manifeste sua concordância e assine aqui para nos separarmos.

Um deles se levantou, com um papel na mão. Levantou-se outro. Pegou a folha de papel, passou os olhos e falou:

— Isto atende às nossas necessidades; foi bem traçado. De fato, nossas empresas obtêm aqui garantia de vantagem e segurança. Sim, vejo neste documento grandes lucros. Vou assinar.

Um terceiro se levantou. Ajeitou as lentes, passou os olhos no documento. Os lábios moviam-se em silêncio, e quando alguma palavra soava, deixava um lastro.

— Devemos reconhecer — e nossos advogados também concordam — que o texto e o teor deste documento são *claros*. Pude me consultar a cada passo: temos aqui, não obstante o poder envolvido, o que legalmente é possível, o que a lei estabelece... De modo que vou assinar.

Ele voltou a ler o texto e o entregou ao quarto homem.

Sendo um executivo como os demais, de bom grado ele teria assinado o nome e partido. Mas as sobrancelhas se franziram. Ele estava sentado, lendo, examinando, avaliando. E depositou o papel na mesa.

— Embora esteja de acordo, não posso assinar o documento. Nem os senhores.

Viu então os rostos assombrados dos demais.

— É o poder da coisa que acaba com ele. Exatamente os motivos que acabam de expor, que mostram as medidas legais que ele *consente*. Os objetivos de *enorme* alcance, a plena *garantia* de apoio, os enormes passos *permitidos* por essas coisas, apesar de legais, não são para nós. Se fosse ilegal, poderíamos arriscar, pois nesse caso a lei estaria agindo em sentido oposto — *apoiando*, e não oprimindo, os milhares de trabalhadores; protegendo e não destruindo os interesses das pessoas mais fracas.

"Mas se a lei, o nosso governo, afirma que *temos* o direito de fazer este acordo para retirar, por uma medida legal, dezenas de milhares em nome dos nossos interesses — e, pior ainda, maltratar exatamente aqueles cujos direitos representamos, precisamos então estabelecer *nós mesmos* um limite — rejeitando uma medida que põe em risco o bem-estar dos muitos que estão sob nossos cuidados.

"Temos o poder, como qualquer um que sirva aos grandes interesses. Mas se julgarmos por Deus, o que sem dúvida é muito difícil para mentalidades voltadas para o dinheiro, veremos, como homens de poder, nosso dever para com o 'homem comum', e então, cavalheiros, rogo que não tomem uma iniciativa tão egoísta."

A sala estava novamente em silêncio. Um empresário acabava de destruir um código e seu ato revelava outro código.

Os três outros entenderam seu argumento, e, tendo entendido, puseram metas de fraternidade no lugar de velhas metas empresariais.

— Vamos pegar o ônibus e deixar o documento legalmente invalidado.

III

O sol forte da manhã se projetava nas fileiras de telhados e ia bater nas persianas fechadas da casa da colina.

As cobertas de uma enorme cama medieval moveram-se e uma cabeça sonolenta virou-se no travesseiro ao soar uma batida à porta.

Dois rapazes elegantes e recém-barbeados entraram no quarto.

— Bom-dia, Tio. Seu suco de laranja — cumprimentou um deles, enquanto o irmão se aproximava da janela e levantava as persianas. O sol ávido assim acolhido projetou-se no quarto.

— Está atrasado, Gregory — rosnou o homem na cama. Bebericou o suco e se levantou. — Droga! Se Minnie deixar sementes de novo nesse suco, vou me livrar dela. — E cuspiu a semente no tapete.

— Apanhe e jogue na cesta de lixo, Henry — ordenou.

— Tio — Gregory forçou um sorriso ao voltar da cestinha de lixo —, como vai sua perna? Temos boas notícias...

— Cale-se — cortou o mais velho. — Quando mando Henry fazer algo, quero que *Henry* o faça. Vocês podem ser gêmeos, mas eu sei a diferença. Gregory, trate de tirar a semente da cesta e deixe Henry fazer o que eu mandei.

E prosseguiu:

— A vida inteira cuidei para que as coisas *andassem direitinho*. Mantive minha biblioteca sempre do mesmo jeito. Mantive meu quarto sempre do mesmo jeito. Mantive a casa sempre do mesmo jeito. Ia para a cidade trabalhar. Ia à igreja rezar — exatamente do mesmo jeito. Sempre pensei e agi como devia. Minha grande virtude como prefeito não estava em mim mesmo, mas nos meus hábitos saudáveis...

— Ora, você será eleito de novo, Tio — comemorou um deles. — Mas no momento, trazemos boas notícias...

— Que diabos, garoto, claro que serei eleito! — interrompeu o inválido. — Não estou falando disso — e fez um sinal, impaciente, pedindo mais um travesseiro. — Minha maior preocupação são vocês dois. Antes de morrer, seu pai pediu que cuidasse dos dois. Mas meu Deus, que posso fazer? Eu quebro a perna... vai ter de sarar, vai mesmo. Mando chamá-los para ficarem no meu gabinete até eu me recuperar. Diabos! Uma coisa é ficar sem uma perna, mas já é demais perder uma eleição por causa da estupidez de alguém. E vem cá, vocês por acaso pegaram aquelas palavras cruzadas que estavam no chão?... Meu Deus, preciso relaxar um pouco!

— Temos boas notícias, Tio...

Mas ele tinha mergulhado de novo nas cobertas. A raiva esmorecia. Notou que a luz do sol brincava na guarda de sua cama.

— Ouçam-me primeiro.

Havia tristeza na voz.

— Minha vida tem sido boa. — Voltou-se para eles. — Mas eu nunca me diverti. Nem um pouquinho. Sempre ocupado demais para casar. Deixei as mulheres muito sozinhas. Não fumava, nem bebia, nem... Que diabos! Podia praguejar, mas não é divertido. E nunca gostei de golfe, não conseguia chegar lá. Nunca gostei de música, nem de poesia, nem...

Lembrou-se das palavras cruzadas. Calou-se, ficou calado... Sua mente seguiu um rumo estranho, nunca antes percorrido.

O sol agora dizia "olá" para o seu rosto.

— Por Júpiter, meninos! — gritou. — Nunca tinha pensado nisso dessa maneira! A política é um grande jogo de palavras cruzadas... delicioso. E — sentou-se bem empertigado — a vida também! Aaaaaaa!

Ele nunca tinha sorrido daquela maneira.

— Ontem à noite, Henry, pensei que podia conseguir alguma coisa, se pelo menos tivesse duas pernas. Mas agora, manco ou *não*, sei que posso ser exatamente... exatamente... — ele deu uma olhada pelo quarto. — Sim! Exatamente como o sol!

Apontou então um dedo trêmulo e feliz para a bola de fogo.

— *Nosso* tio! — riram os gêmeos, e Henry disse: — Suas pernas lhe pertencem. É esta a boa notícia! O médico disse que não será necessário amputar. Poderá começar a andar muito em breve. Amanhã à tarde nós três tomaremos o ônibus para a cidade!

II

Um disco de dez polegadas girava na vitrola. De um pequeno alto-falante saía um lindo e comovente solo de trompete. A garota levantou-se do banco onde estava sentada. Desligou o aparelho e as notas agudas do trompete desapareceram numa arfada gargarejante.

A música a incomodava; ela estava sonhando com sua infância.

Do lado de fora do pequeno compartimento de audição, dois homens apertavam-se entre pilhas e pilhas de discos. Um deles puxou um quarteto de Beethoven e o entregou ao outro.

— Pode experimentar este, senhor, assim que a mocinha acabar com o aparelho.

— Não precisa — riu o outro. — Acho que dá para confiar no Quarteto de Budapeste sem precisar ouvir.

A garota saiu da cabine e deixou 55 centavos no balcão.

— Vou levar — disse, segurando o disco. E assim o homem e a menina saíram da Loja de Música, com os discos debaixo do braço.

— Está quente — começou ela.

— Oh — fez ele —, o dia não representa mais nada para mim. Nem a noite.

— O senhor também se sente assim? — retrucou ela rapidamente. — Sente como se fosse... como se fosse uma máquina fazendo sua trajetória... indo para não se sabe onde?

Ela enrubesceu — afinal, ele era um estranho.

— Sério, acha que tem algum sentido viver?

— Não tenho noites, não tenho dias — respondeu ele com sinceridade. — Só tenho mesmo uma coisa.

E mostrou o seu álbum.

— A minha vida depende da música.

Virou-se para a garota. Viu que *era* bonita, mas era mais por seu encanto do que pelo rosto. Num gesto amistoso, botou as mãos sobre as dela.

— Vai atravessar o parque?

— Posso fazer esse caminho — respondeu ela, e os dois entraram pela alameda. Um minuto depois, deram com um banco de madeira entre duas árvores.

— Eu sempre dou um tempo aqui — disse ele, soltando sua mão. — Talvez voltemos a nos encontrar.

121

Suas bochechas ficaram vermelhas. Ela tremeu ligeiramente e, tocando o casaco dele com uma das mãos, sussurrou:

— Importa-se se seu sentar aqui com o senhor? *Por favor!* Eu preciso!

E ficou calada.

Ele mordeu os lábios, pegou gentilmente seu disco e, colocando-o no banco junto ao seu, puxou-a para sentar-se ao seu lado. No momento seguinte, chegou-a para mais perto de si e, lentamente, passou o braço por trás dela.

— Receava ter essa esperança — murmurou —, pois no momento em que a vi, entendi por que a música significa tanto para mim. Era uma espécie de substituto... um glorioso sucedâneo, de algo melhor... algo... algo... — e olhou para ela — algo como você.

Ficaram ali sentados, cada um emocionado com o outro.

— A Terra gira ao nosso redor como um gigantesco disco — prosseguiu ele. — Este disco toca... ouça, escute só, veja... é a canção da vida!

— Agora há música em toda parte. Essas árvores, essa relva, esse céu balançam ao nosso ritmo.

Ele esticou um braço.

— Oh, amor!

Inclinou-se e beijou-a.

— Amanhã de tarde pegaremos o ônibus e vamos à cidade providenciar a certidão e tudo mais.

— Sim — cantou ela, ajeitando seu colarinho.

I

Querida Mãe,

*escrevo este bilhete, querida Mãe, em atitude de verda-
deira humildade. Enxergo além das minhas próprias
fraquezas e dos meus semelhantes. Mas só desde que o sol
nasceu esta manhã.*

*Meus dez primeiros anos de vida foram preenchidos
com ego, ego, ego e só ego. Só me importavam as coisas
que você me dava. Eu queria comida, descanso e prazer.
Era como um macaco voltado sobre si mesmo. Não me
importava quem estava por perto nem por quê.*

*Até que os anos seguintes me incutiram um crescente
senso de "presença". Presença de que, não me importava,
sabendo apenas que, se fizesse um bem, essa "presença" me
sorria. Mas quando pensava em mim mesmo — e assim,
causava mal a alguém —, essa "presença" fazia cara feia.*

*Com o tempo, passei a amar essa "presença" e a chamá-la
de Deus. Ajudou-me a ver que ela era a verdade da vida.
Percebi que devia ser seguida e tentei aproximar dela. Mas
ela disse: "Você não está pronto", e ficou flutuando por perto.*

*Fiquei desanimado quando me dei conta de que não a
tinha. Sem rodeios a repreendi, e regredi... quase à primeira etapa da minha vida. Comecei a fumar, praguejava,
me diverti muito — achava que não me importava.*

*Até que essa "presença" começou a me sussurrar estí-
mulos. Eu ouvi. Ela me mostrava uma tal luz que eu não
podia deixar de tentar. Temia apenas não ser capaz de
alcançar essa luz antes de morrer.*

Lutando, descobri minha fragilidade. E Deus, em sussurros, também me mostrou minha força. E assim foi que vim a descobrir outro método: à falta do outro, uma crença pessoal para compensar talentos e reveses seria necessária.

De fato, a coisa operou maravilhas, pois a dificuldade de realização deu-me a oportunidade de conhecer e experimentar minha força.

Mas vim a descobrir que essa crença não podia ser satisfeita, e assim acrescentei-lhe "Presença de Deus", o que tornava com plena convicção toda dor e inconveniência proveitosa.

Mesmo com esse acréscimo, a luz não chegava. Eu agora já lutava apenas por SUA PRESENÇA *em mim; mas não a tinha. Deixei que Ele me falasse; rogava a Ele. Seguia o que ele determinava: sua vontade eu tentava cumprir.*

E assim o sol me deu um presente hoje. Querida Mamãe, "ele" veio a mim... e no dia perfeito. O dia perfeito porque tenho nas mãos a aceitação das Forças Armadas dos Estados Unidos da América. Tomarei o ônibus amanhã.

Seu filho que te ama _____

0

Associated Press — "Dez pessoas morreram esta noite no pior acidente de trânsito dos últimos meses. Um ônibus do período noturno colidiu com um caminhão que vinha na outra direção e capotou. Entre os mortos estão quatro executivos, o prefeito de uma cidade pequena e uma jovem. Para uma relação completa dos mortos, consultar a página trinta e dois."

"Pois todo homem deve chegar ao céu por seus próprios caminhos."

ALMAS GÊMEAS

— É claro que foi um choque para mim; ele caiu de uma altura enorme de cima da ponte e foi rolando até o rio: quase nem fez barulho ao dar na água. E não havia absolutamente ninguém à vista.

A sra. Martin Rittenhouse fez uma pausa e mexeu o chá.

— Eu estava usando um vestido azul quando aconteceu. Um vestido lindo... combinava com meus olhos. O pobre Martin gostava muito dele.

— Mas dizem que é agradável se afogar — ponderou a sra. Green.

— Ah, sim, realmente: um método extremamente agradável para... para ir embora. Sim, acho que se o pobre coitado tivesse podido escolher como partir, com certeza teria preferido... água. Mas por mais duro que possa parecer, não posso fingir que não fiquei bastante feliz de me livrar dele.

— Ah é?

— Bebia, entre outras coisas — confidenciou a sra. Rittenhouse, severa. — E também era um pouco afetuoso demais, inclinado a... namorar. E a prevaricar.

— Mentir, quer dizer?

— Entre outras coisas.

As duas senhoras conversavam numa sala estreita de teto alto: um ambiente confortável, mas sem qualquer distinção especial. Cortinas verdes desbotadas ocultavam a tarde de inverno; numa lareira de pedra, as labaredas estalando preguiçosas projetavam reflexos amarelos nos olhos de um gato, molemente enroscado ao lado da lareira; sininhos pendurados no seu pescoço tilintavam gelados toda vez que ele se movia.

— Nunca gostei de homens chamados Martin — disse a sra. Green.

A sra. Rittenhouse, a visitante, assentiu com a cabeça. Estava rigidamente empertigada numa cadeira de aspecto frágil, mexendo insistente o chá com uma rodela de limão. Trajava um vestido vermelho-escuro e um chapéu preto em forma de pá sobre uma cabeleira grisalha encaracolada que parecia uma peruca. Seu rosto era magro, mas traçado com linhas severas, como que modelado por rigorosa disciplina: um rosto que parecia satisfazer-se com uma única expressão fixa.

— Nem de homens chamados Harry — acrescentou a sra. Green, cujo marido tinha exatamente este nome. A sra. Green e seus noventa e tantos quilos (encobertos num *négligé* cor de carne) ocupavam magnificamente a maior parte de um sofá de três lugares. Seu rosto era enorme e vigoroso, e as sobrancelhas, quase totalmente raspadas, eram desenhadas de maneira tão absurda que ela parecia ter sido surpreendida por alguém no meio de um vergonhoso ato íntimo. Estava lixando as unhas.

Entre essas duas mulheres havia uma ligação difícil de definir: não exatamente amizade, mas algo mais. Talvez a sra. Rittenhouse tenha chegado mais perto de botar o dedo na ferida ao comentar certa vez: "Somos almas gêmeas."

— Tudo isso aconteceu na Itália?

— França — corrigiu a sra. Rittenhouse. — Marselha, para ser precisa. Cidade maravilhosa... sutil... cheia de luzes e sombras. Enquanto Martin caía, eu o ouvia gritar. Foi sinistro. Sim, Marselha era muito animada. Ele era incapaz de dar uma braçada na água, o coitado.

A sra. Green escondeu a lixa de unha entre as almofadas do sofá.

— Pessoalmente, não tenho pena — disse ela. — Se eu estivesse no seu lugar... bem, ele podia ter conseguido alguma ajuda para passar por cima daquele parapeito.

— Sério? — fez a sra. Rittenhouse, com uma expressão levemente iluminada.

— Naturalmente. Eu nunca tolerei a figura. Lembra do que você me disse sobre o incidente em Veneza? À parte isto, ele fabricava salsichas ou coisa assim, não é?

A sra. Rittenhouse fez uma careta com os lábios.

— Ele era o rei da salsicha. Pelo menos era o que sempre dizia. Mas não tenho por que me queixar: a empresa foi vendida por um valor astronômico, embora eu não consiga entender por que alguém haveria de querer comer salsichas.

— E olhe só para você! — proclamou a sra. Green, acenando com a robusta mão. — Veja só você... uma mulher livre. Livre para comprar e fazer o que quiser. Ao passo que eu... — ela entrelaçou os dedos e sacudiu solene a cabeça. — Outra xícara de chá?

— Obrigada. Um torrãozinho, por favor.

Fagulhas zuniam de uma tora que estalava na lareira. Um relógio de ouro falso, montado sobre a lareira, marcou a hora com discretas ondas musicais: cinco.

Numa voz entristecida pelas lembranças, a sra. Rittenhouse disse então:

— Dei o vestido azul para uma arrumadeira do hotel: o colarinho onde ele se agarrou antes de cair ficou rasgado. Depois, fui para Paris e fiquei morando num lindo apartamento até a primavera. Foi uma primavera adorável: as crianças no parque eram tão arrumadas e tranquilas; eu ficava ali sentada o dia inteiro, jogando migalhas para os pombos. Os parisienses são neuróticos.

— O enterro foi caro? Quero dizer, o de Martin?

A sra. Rittenhouse deu uma risadinha e, inclinando-se para a frente, sussurrou:

— Mandei cremá-lo. Não tem preço, não é mesmo? Ah, sim... botei as cinzas numa caixa de sapatos e mandei para o Egito. Por que o Egito, não sei. Só que ele detestava o Egito. Já eu, amava. Um país maravilhoso, mas ele nunca quis ir. Por isto não tem preço. Mas uma coisa eu acho extremamente reconfortante: escrevi o endereço para eventual devolução no embrulho, *mas ele não voltou.* Acho que ele deve mesmo ter encontrado seu lugar de repouso, no fim das contas.

A sra. Green bateu na coxa e berrou:

— O Rei da Salsicha no Mundo dos Faraós!

E a sra. Rittenhouse apreciou a pilhéria na medida permitida por seu caráter impenetrável.

— Mas o Egito... — suspirou a sra. Green, enxugando lágrimas de riso. — Eu sempre digo a mim mesma: "Hilda, você nasceu para viajar: Índia, o Oriente, Havaí." É o que eu sempre digo a mim mesma.

E acrescentou, com certa repugnância:

— Mas você não chegou a conhecer o Harry, não é mesmo? Meu Deus! Irremediavelmente um chato. Irremediavelmente um burguês. Irremediavelmente!

— Conheço o tipo — disse a sra. Rittenhouse com aspereza. — Se consideram a coluna dorsal da nação. Rá!... Mas não servem para nada. Querida, a coisa toda é a seguinte: se não tiverem dinheiro, trate de se livrar deles. Se tiverem... quem poderia fazer melhor uso que nós mesmas?

— Você não podia estar mais certa!

— É realmente patético e sem sentido desperdiçar a vida com esse tipo de homem. Ou qualquer homem.

— Exatamente — comentou a sra. Green. Mudou então de posição, o enorme corpo tremendo por baixo do *négligé*, e espetou na bochecha robusta um dedo pensativo.

— Muitas vezes pensei em me divorciar de Harry — disse. — Mas é muito, muito caro mesmo. Além do mais, ficamos casados dezenove anos (além dos cinco anos de noivado), e se eu chegasse sequer a sugerir uma coisa assim, tenho certeza de que o choque simplesmente...

— O mataria... — concluiu a sra. Rittenhouse, rapidamente baixando os olhos para a xícara. Uma descarga de rubor incendiou suas bochechas e seus lábios se contraíram e descontraíram com alarmante rapidez. Passado algum tempo, ela disse: — Tenho pensado numa viagem ao México. Há um lugar adorável no litoral chamado Acapulco. Muitos artistas vivem lá, pintando o mar à luz do luar...

— México. Mé-hi-co — disse a sra. Green. — O nome parece cantar. Ac-a-pul-co, Mé-hi-co.

Ela bateu com a palma da mão no braço do sofá.

— Meu Deus, o que eu não daria para ir com você.

— Por que não?

— Por que não! Puxa, parece que estou ouvindo Harry dizer: "Claro, vai precisar de quanto?" Puxa, parece mesmo que estou ouvindo!

Ela voltou a bater no braço do sofá.

— É claro que se eu tivesse meu próprio dinheiro... bem, o fato é que não tenho, e pronto.

A sra. Rittenhouse voltou um olhar especulativo na direção do teto; ao falar, seus lábios mal se moviam.

— Mas o Henry tem, não é mesmo?

— Um pouco... o seguro... oito mil mais ou menos no banco... e só — respondeu a sra. Green, num tom nada casual.

— Seria ideal — disse a sra. Rittenhouse, repousando a mão magra e repulsiva no joelho da outra. — Ideal. Só nós duas. Alugamos uma casinha de pedra nas montanhas, dando para o mar. E no pátio (pois teremos um pátio), haverá árvores frutíferas e jasmins, e à noite poderemos de vez em quando pendurar lanternas japonesas e dar festas para os artistas...

— Maravilhoso!

— ... e contratar um violonista para fazer serenata. Será uma esplêndida sucessão de crepúsculos e céus estrelados e caminhadas adoráveis à beira-mar.

Seus olhos trocaram demoradamente um olhar curioso e inquisitivo; e o misterioso entendimento entre elas floresceu num sorriso mútuo, que no caso da sra. Green descambou para um risinho.

— Que bobagem — disse então. — Eu nunca seria capaz de fazer uma coisa assim. Teria medo de ser apanhada.

— De Paris, fui para Londres — disse a sra. Rittenhouse, retirando a mão e inclinando a cabeça num ângulo rígido; mas ela não conseguia disfarçar a decepção. — Um lugar deprimente: quente demais no verão. Um amigo me apresentou ao primeiro-ministro. Ele era...

— Veneno?

— ... uma pessoa encantadora.

Os sininhos tilintaram quando o gato se espreguiçou e lambeu as patas. Como uma sombra, ele percorreu a sala, a cauda projetada para cima em arco, como uma vareta emplumada; e começou a esfregar os flancos contra a magnífica perna da dona. Ela o ergueu, aproximou-o do peito e deu-lhe um ruidoso beijo no focinho:

— Anjinho da mamãe.

— Germes — advertiu a sra. Rittenhouse.

O gato se ajeitou languidamente e fixou um olhar impertinente na sra. Rittenhouse.

— Ouvi falar de venenos que não podem ser descobertos, mas é tudo muito vago e fantasioso — disse a sra. Green.

— Veneno nunca. Perigoso demais, muito fácil de ser detectado.

— Mas vamos *supor* que quiséssemos... quiséssemos nos livrar de alguém. Por onde você começaria?

A sra. Rittenhouse fechou os olhos e percorreu com o dedo a borda da xícara. Várias palavras vieram-lhe aos lábios, mas ela nada disse.

— Revólver?

— Não. Decididamente não. Armas de fogo envolvem todo tipo de... não. De qualquer maneira, não creio que as empresas de seguro aceitem suicídio... e é o que teria de ficar parecendo. Não, é melhor um acidente.

— Mas o Bom Deus teria de levar o crédito por isto.

— Não necessariamente.

Ajeitando um fio de cabelo rebelde, a sra. Green disse:

— Ah!... Pare com essas provocações e charadas: qual é a resposta?

— Receio que não tenhamos nenhuma realmente sólida — respondeu a sra. Rittenhouse. — Depende muito do lugar e da situação. Se fosse um país estrangeiro, seria mais fácil. A polícia de Marselha, por exemplo, se interessou muito pouco pelo acidente de Martin: a investigação foi incompleta.

O rosto da sra. Green iluminou-se com uma expressão de leve surpresa.

— Entendo — disse, lentamente. — Mas a gente *não está* em Marselha.

E então lembrou:

— Harry nada como um peixe: ganhou uma taça em Yale.

— Mas o fato — prosseguiu a sra. Rittenhouse — é que de modo algum seria impossível. Deixe-me contar-lhe algo que li recentemente no *Tribune*: "Todo ano é maior o número de mortes causadas por pessoas que caem na banheira do que por todos os demais acidentes combinados."

Ela fez uma pausa e olhou fixamente para a sra. Green.

— Acho extremamente provocador, não acha?

— Não sei se estou entendendo...

Um frágil sorriso brincou com os cantos da boca da sra. Rittenhouse; suas mãos moviam-se juntas, as pontas dos dedos delicadamente indo ao encontro umas das outras e formando uma pontuda torre de veias azuis.

— Bem — começou ela —, suponhamos que na noite em que estiver programada... a tragédia... algo dê errado, digamos, com uma torneira no banheiro. Que se faz?

— Que se *faz*? — ecoou a sra. Green, franzindo as sobrancelhas.

— O seguinte: você o chama e pergunta se pode dar um pulinho lá. Aponta para a torneira e então, quando ele se debruçar para ver o que houve, golpeia a base do crânio. *Bem aqui, está vendo?* Com algo bem sólido e pesado. Mais simples, impossível.

Mas as sobrancelhas da sra. Green continuavam franzidas.

— Sinceramente, não vejo como isto poderia ser considerado um acidente.

— Mas por que ser tão literal assim?!

— Não entendo...

— Shhh — cortou a sra. Rittenhouse —, e ouça. Em seguida, eis o que seria feito: despi-lo, encher a banheira até a borda, jogar um sabonete dentro e submergir... o cadáver.

Seu sorriso retornou, curvando-se num arco mais amplo.

— Qual a conclusão óbvia?

O interesse da sra. Green não podia ser maior, e seus olhos estavam arregalados.

— Qual? — arfou.

— Ele escorregou no sabonete, bateu com a cabeça... e se afogou.

O relógio bateu seis horas; as notas se esvaíram no silêncio. O fogo gradualmente se reduzira a um sonolento leito de cinzas e o frio tomara conta do ambiente como uma rede tecida com gelo. Os sinos do gato sacudiram o torpor do ambiente quando a sra. Green largou-o de uma só vez no chão, levantou-se e caminhou até a janela.

Ela abriu as cortinas e olhou para fora; o céu não tinha cores; começava a chover: as primeiras gotas começavam a adornar a vidraça, distorcendo a lúgubre imagem refletida da sra. Rittenhouse, à qual a sra. Green dirigiu seu comentário seguinte:

— Pobre coitado.

Onde o mundo começa

A senhorita Carter já estava explicando as esquisitices da álgebra há quase vinte minutos. Sally olhou com raiva para as alças em forma de cobra do relógio da classe, faltavam apenas 25 minutos, e então, liberdade... a doce e preciosa liberdade.

Olhou para a folha de papel amarelo à sua frente pela centésima vez. Vazia. Ora, ora! Sally deu uma olhada ao redor, contemplando com desprezo os aplicados alunos de matemática. "Droga", pensou, "até parece que vão ter sucesso na vida só por somar um monte de números, e aqueles xis que não fazem sentido mesmo... Droga, esperem só até cair no mundo!"

Exatamente o que significava cair no mundo ou na vida ela não sabia muito bem; mas os mais velhos a haviam levado a acreditar que era uma terrível provação que teria de enfrentar em algum momento futuro bem definido.

"Ê, ê", resmungou, "lá vem a Robô." Ela chamava a senhorita Carter de "Robô" porque era exatamente o que ela lhe lembrava, uma perfeita máquina, precisa, azeitada e fria como aço. Rapidamente rabiscou um emaranhado de números ilegíveis no papel amarelo. "Pelo menos", pensou Sally, "ela vai pensar que estou estudando."

A senhorita Carter passou por ela sem nem olhar. Sally deu um profundo suspiro de alívio. Robô!

Sua carteira ficava bem ao lado da janela. A sala de aula ficava no terceiro andar do Colégio e dali ela descortinava uma bela vista. Ela se voltou para fora. Seus olhos se dilataram, ficaram vidrados e cegos...

— Este ano, estamos muito felizes de entregar o Prêmio da Academia de melhor interpretação à senhorita Sally Lamb, por seu inigualável desempenho em *Desejo*. Senhorita Lamb, queira receber o Oscar em meu nome e no nome de nossos colaboradores.

Uma linda e espetacular mulher estende a mão e toma a estatueta de ouro nos braços.

— Obrigada — diz, numa voz profunda e sonora. — Acho que quando algo maravilhoso assim acontece com alguém, a pessoa deve fazer um discurso, mas me sinto grata demais para dizer alguma coisa.

Então ela se senta, com os aplausos ressoando nos ouvidos. Bravo, senhorita Lamb. Muito bem! Clap, clap, clap, clap. Champanhe. Vocês realmente gostaram de mim? Um autógrafo? Mas é claro... Como é mesmo o seu nome, meu querido?... John? Oh, em francês, Jean... Muito bem... "Para Jean, amigo querido, Sally Lamb." Um autógrafo, por favor, senhorita Lamb, autógrafo, autógrafo... Estrela, dinheiro, fama, linda, glamourosa... Clark Gable...

— Está ouvindo, Sally?

A senhorita Carter parecia bem zangada. Sally pulou no assento, assustada.

— Sim, senhora.

— Bem, se está prestando tanta atenção assim, talvez possa explicar este último problema que expus no quadro.

O olhar da senhorita Carter percorreu a sala com arrogância.

Sally contemplava o quadro perplexa. Sentia os olhos frios da Robô sobre si e ouvia os risinhos dos fedelhos. Seria capaz de sufocar todos eles até ficarem com a língua de fora. Malditos. Ela estava mesmo perdida, todos aqueles números, os quadrados, os xis malucos, tudo grego!

— Exatamente o que eu achava — declarou a Robô, triunfante. — Sim, exatamente o que eu achava! Estava de novo no mundo da lua. Gostaria de saber o que se passa nessa cabeça... certamente não tem nada a ver com a matéria de classe. Para uma garota tão... tão burra, podia pelo menos fazer o favor de nos dar alguma atenção. Não é só você, Sally, mas você perturba a classe toda.

Sally inclinou a cabeça e começou a traçar pequenos desenhos absurdos na folha de papel. Sabia que seu rosto estava vermelho, mas não era como aqueles retardados que ficavam dando risadinhas e fazendo papel ridículo toda vez que a professora vociferava com eles — nem mesmo a velha Robô.

COLUNA DE FOFOCAS:

Qual debutante número um da temporada que tem como iniciais Sally Lamb foi vista namorando no Stork Club o playboy milionário Stevie Swift?

— Oh, Marie, Marie — chamou a linda jovem deitada na enorme cama de seda. — Traga-me a nova revista *Life*.

— Sim, senhorita Lamb — respondeu a empertigada criada francesa.

— Rápido, por favor — insistiu a impaciente herdeira. — Quero ver se o fotógrafo fez justiça; minha foto está na capa esta semana, sabia? Oh, e aproveita para me trazer um sal de fruta... dor de cabeça terrível, champanhe demais, provavelmente.

RÁDIO:

Mocinha rica faz sua Estreia Esta Noite. O tão esperado Acontecimento Social da Temporada apresentará Sally Lamb à Sociedade num espetacular Baile de Dez Mil Dólares. Nada mau para começo de conversa! Plumas e paetês...

— Quer fazer o favor de passar suas folhas adiante? Depressa, por favor!

A senhorita Carter batucava impaciente com os dedos em sua mesa.

Sally passou seu dever ilegível sobre o ombro do garoto de rosto rosado que sentava à frente. Crianças. Droga. Pegou seu grande manual encadernado de xadrez escocês, procurou lá dentro e apanhou a caixa de pó de arroz, o batom, o pente e o lenço de papel. Contemplou-se no espelho do pó de arroz enquanto passava o batom nos lábios bem torneados. Framboesa.

A mulher alta e provocante admirava a própria imagem num gigantesco espelho de moldura dourada numa das mais espetaculares residências da Alemanha. Ajeitou um fio rebelde de cabelo em seu sofisticado penteado prateado.

Um bem-apessoado cavalheiro moreno inclinou-se para beijar seus ombros nus. Ela consentiu um leve sorriso.

— Ah, Lupé, você está adorável esta noite. Você é tão linda, Lupé. Sua pele, tão alva, seus olhos... Ah... você não imagina o que provocam em mim.

— Hum — ronronou a dama —, é aí que você se engana, General.

Aproximou-se de uma mesa de mármore e apanhou duas taças de vinho, jogou três pílulas numa delas e a entregou ao General.

— Lupé, preciso vê-la com mais frequência. Jantaremos toda noite quando eu voltar do *front*.

— Ohhh, e o meu docinho terá de ir para onde ocorrem os combates?

Seus lábios de framboesa estavam próximos dos dele. Como você é inteligente, Sally, pensou ela.

143

— Lupé sabe que eu tenho de executar os planos de manobra do exército no *front*, não sabe, Lupé?

— E os planos estão aí com você? — perguntou a encantadora quinta-colunista.

— Sim, mas é claro.

Ela percebeu que ele estava desmaiando, com os olhos cada vez mais vidrados e parecendo muito bêbado. Quando afinal a Mata Hari terminou sua versão 1928, o General estava esticado aos seus pés.

Ela se agachou e começou a dar uma busca no casaco dele. De repente, ouviu passos de botas lá fora... seu coração saltou...

O sinal disparou, estridente. Os alunos correram em algazarra para a porta. Sally guardou seus artigos de maquiagem na bolsa, juntou os livros e se preparou para sair.

— Um minuto, Sally Lamb — chamou a senhorita Carter. De novo a Robô. — Volte aqui um minuto... quero falar com você.

Quando se aproximou da mesa, a senhorita Carter tinha acabado de preencher um formulário, que lhe entregou.

— É um documento para a sala de castigo, você vai para a sala de castigo até o fim da tarde hoje. Já lhe disse inúmeras vezes que não quero que fique se empetecando na sala de aula. Por acaso quer que todos nós peguemos seus germes?

Sally enrubesceu. Tinha horror a qualquer referência a sua anatomia ou coisas do tipo.

— E outra coisa, mocinha, ainda não entregou seu dever de casa... Bom, como já disse, você é quem decide se quer fazer seu trabalho ou não... E certamente não é nenhuma pedra no meu sapato...

Sally ficou se perguntando vagamente se teria alguma pedra no seu sapato... ou quem sabe um seixo?

— ... você deve saber que será reprovada na matéria. Não consigo entender como é que alguém pode perder tanto tempo assim... não entendo mesmo... não tem como. Acho que seria melhor se você largasse este curso, pois, para ser franca, não a considero mentalmente capaz. Eu... eu... espere aí... onde é que acha que...

Sally jogou os livros na mesa e saiu correndo da sala. Sabia que ia começar a chorar, e não queria... não na frente da Robô.

Maldita mulher! Que é que ela sabe da vida? Não sabe de nada, só um monte de números... Maldita seja!

E foi abrindo caminho pelos corredores apinhados.

O torpedo caíra cerca de meia hora antes e o navio afundava rápido. Era mesmo uma sorte! Sally Lamb, a mais reputada jornalista da América, exatamente ali no lugar e na hora certos. Tinha tirado sua câmera da cabana inundada. E ali estava ela, tirando fotos dos refugiados que tentavam subir nos botes salva-vidas e dos seus colegas jornalistas, correndo risco de vida no mar revolto.

— Ei, moça — chamou um dos marinheiros. — Você aí, é melhor subir neste bote, acho que é o último.

— Não, obrigada — clamou ela em meio ao estridor das águas e o uivar do vento. — Ficarei aqui até concluir a reportagem.

De repente, Sally riu. A senhorita Carter e os xis e todos aqueles números pareciam muito, muito distantes. Ela estava muito feliz ali, com o vento soprando seus cabelos e a Morte rondando por perto.

Posfácio

Truman Capote escreveu os quatorze contos de *Primeiros contos de Truman Capote* na adolescência e juventude. Eles constituem, como já diz o título, a primeira ficção de um escritor que viria a se tornar um dos mestres do século XX. Por sua própria natureza, não são obras de maturidade, mas tentativas de um jovem escritor que aperfeiçoa sua arte. "Comecei a escrever de verdade mesmo por volta dos onze anos", declarou Capote. "E digo de verdade no sentido de que, se outras crianças voltam para casa para praticar violino, piano ou qualquer outra coisa, eu costumava voltar para casa da escola diariamente e escrever durante cerca de três horas. Era uma obsessão."

Muitos desses manuscritos — depositados nos arquivos Truman Capote da Biblioteca Pública de Nova York — permitem consultar suas alterações e revisões. Os cortes e anotações à margem revelam um jovem escritor de talento precoce empenhado em burilar seus dons. Nesses contos, com frequência temos vislumbres das marcas registradas da prosa de Capote: frases claras, imagens precisas, linguagem ao mesmo tempo vigorosa e leve. Em frases como "numa lareira de pedra, as labaredas estalando preguiçosas projetavam reflexos amarelos nos olhos de um gato" e "a água jorrava das fontes em jatos de cristal", ouvimos uma versão inicial da voz que viria a nos encantar em histórias como "Uma árvore da noite" de "E um violão de diamante". Os manuscritos representam uma rara oportunidade de avaliar como um escritor de dons inatos excepcionais ainda precisa se aperfeiçoar. Esses relatos deixam perfeitamente claro que Capote já encontrara uma voz própria com muito pouca idade, e, ao mesmo tempo, precisou trabalhar muito para desenvolvê-la.

Eles também evidenciam as primeiras manifestações de um dos mais fortes talentos de Capote: a empatia. Em boa parte do que escreveu, o autor está em sintonia com o marginal e o outro — aquele homem ou aquela mulher, o menino ou a menina que vive às margens da sociedade e de suas expectativas. Nesses primeiros contos, vemos Capote atraído por figuras que não vivem ou não podem viver no centro de seus respectivos mundos: um sem-teto, crianças solitárias, uma menina mestiça entrando para uma escola de brancos, uma senhora à beira da morte, uma afro-americana do Sul desorientada em Nova York. Assim como os manuscritos mostram um jovem autor aprimorando suas frases pelo trabalho e a revisão, essas histórias também nos fazem vislumbrar a maneira como Capote desenvolveu sua capacidade de empatia imaginando as vidas de muitos tipos diferentes de gente. A profunda empatia que vamos encontrar nas obras-primas de Capote foi em parte cultivada nessa primeira ficção.

148

Como sempre acontece nas primeiras tentativas, os resultados são imperfeitos. Em seu prefácio, Hilton Als observa os limites do jovem Capote ao tentar internalizar um personagem afro-americano. Em vez de recorrer à imaginação, Capote às vezes se volta para clichês e estereótipos. Aqui e ali, os personagens femininos dessas histórias são mais góticos que complexos. Outros são mais arquetípicos que de carne e osso. Ainda assim, esses contos, seja nos temas ou nos assuntos escolhidos, revelam um Capote nas primeiras etapas de sua vida produtiva de escritor inspirado mais pelos marginalizados e vulneráveis do que pelos poderosos e realizados. Uma possível explicação, naturalmente, é a homossexualidade de Capote, que o marginalizou nos meios nos quais circulava e o deixou vulnerável ao desprezo e ao abandono, ou a situações ainda piores. Como muitos outros escritores gays antes e depois, Capote se valia do desvio para sondar seu próprio coração. Ainda assim, a maioria dos jovens autores começa reproduzindo na página escrita alguma versão de si mesmos. Em muitas dessas histórias, encontramos o jovem Capote contemplando os outros, em vez do espelho, como se já soubesse que a empatia viria a se tornar um elemento central de sua arte. Esta capacidade, depurada e dominada ao longo de anos de trabalho, orientou Capote por uma brilhante carreira que culminaria no Kansas em 1959. Em sua obra-prima *A sangue frio*, Capote faz muito mais que contar a história de uma família dizimada em sua fazenda. Ele usa cada talento ao seu dispor, especialmente a empatia, para entender e relatar todos os lados de um crime hediondo que para a maioria pareceria apenas sem sentido.

Não temos como identificar as datas exatas em que Capote escreveu todos esses contos ou veio a revê-los. Sete deles foram publicados inicialmente entre 1940 e 1942 em *The Green Witch*, a revista literária da Greenwich High School, de Connecticut, frequentada por Capote entre 1939 e 1942: "Terror no pântano", "A mariposa no fogo", "Despedida", "Lucy", "Hilda", "Senhorita Belle Rankin" e "Louise", que ficou em segundo lugar no concurso literário do colégio. Segundo a vencedora, Capote ficou "furioso" por não ter levado o prêmio. Dorothy Doyle Gavan recordaria muitos anos depois em entrevista a um jornal: "[Truman] veio direto até mim na sala de aula e disse um palavrão." "Almas gêmeas", que se considera ter sido escrito entre 1945 e 1947, é provavelmente o último conto dos anos iniciais de Capote; a ambientação numa classe mais favorecida e o desencanto dos personagens dão a entender o quanto a cidade de Nova York e os primeiros anos da idade adulta mudavam seu perfil de escritor.

Os contos foram editados no que diz respeito a grafia, coerência e, eventualmente, clareza, mas a pontuação às vezes idiossincrática de Capote foi preservada quando o significado é claro. Os títulos são do autor, com uma exceção: o manuscrito de "Isto é para Jamie" traz como título "Isto está em Jamie". A própria história dá a entender que o "em" do título original de Capote era um erro.

Numa edição póstuma é necessário equilibrar cuidado e abertura. Cuidado para preservar o legado de um escritor e abertura como forma para entender melhor seu desenvolvimento e compartilhar com os leitores o que em geral está ao alcance apenas de alguns poucos. Os *Primeiros contos de Truman Capote* não reúnem tudo que ele escreveu na juventude. Os arquivos de Capote contêm muitos outros contos excluídos por parecerem demasiado imaturos (um deles, escrito quando ele tinha cerca de onze anos). O Truman Capote Literary Trust, a Random House e vários outros participantes com profundo conhecimento de Capote e sua obra deliberaram quanto aos contos a serem incluídos. Estudiosos e estudantes podem visitar os arquivos de Capote para examinar os manuscritos originais publicados aqui, assim como os que foram deixados de fora.

Ao morrer durante o sono em Los Angeles, em 1984, Truman Capote deixou um legado literário que fascina milhões de leitores. Deixou também uma imagem pública desagradável: bêbado, amargurado, desleal e, talvez o mais triste, sem escrever. Não estava trabalhando e não o fazia, de verdade, havia muitos anos. Na época de sua morte, havia quem pensasse que, não obstante esse legado literário — do qual fazem parte *Outras vozes, outros lugares*; *Bonequinha de luxo*; dezenas de contos; e *A sangue frio* —, ele permitira que seus talentos se dissipassem. Esses primeiros contos representam um contraponto para essa imagem final: um jovem escritor trabalhando na máquina de escrever para maximizar seus dons. Não um Truman Capote engolindo frases em programas de televisão, mas empenhado em fisgar a palavra certa em cada página. John McPhee escreveu certa vez: "Uma das leis do esporte reza que tudo que acontece afeta tudo que acontece depois." Também é uma lei do artista. Estes contos contribuíram para o desenvolvimento do Truman Capote que viria a escrever as obras amadas por tantos de nós. Mostram-nos o gênio antes do pleno florescimento.

David Ebershoff, Random House

Nota biográfica

Truman Capote nasceu Truman Streckfus Persons em 30 de setembro de 1924, em Nova Orleans. Seus primeiros anos de vida foram marcados por uma vida familiar instável. Ele foi entregue aos cuidados da família da mãe em Monroeville, no Alabama; o pai foi preso por fraude; os pais se divorciaram e depois travaram uma dura batalha pela guarda de Truman. Ele acabou se mudando para Nova York, onde passou a viver com a mãe e o segundo marido dela, um empresário cubano cujo sobrenome Truman adotou. O jovem Capote conseguiu emprego como *office-boy* na *The New Yorker* no início da década de 1940, mas foi demitido por ofender inadvertidamente Robert Frost. A publicação de seus primeiros contos no *Harper's Bazaar* firmou sua reputação literária quando estava na casa dos vinte. Seu romance *Outras vozes, outros lugares* (*Other Voices, Other Rooms*, 1948), história gótica sobre a chegada à idade adulta, descrita por Capote como "uma tentativa de exorcizar demônios", e a novela *A harpa de ervas* (*The Grass Harp*, 1951), fantasia mais amena inspirada nos anos em que passou no Alabama, consolidaram essa fama precoce.

Desde o início da carreira, Capote ligou-se a grande número de escritores e artistas, personalidades da alta sociedade e celebridades internacionais, com frequência chamando a atenção dos meios de comunicação para sua exuberante vida social. Reuniu seus contos na coletânea *A Tree of Night and Other Stories* (1949) e publicou a novela *Bonequinha de luxo* (*Breakfast at Tiffany's*, 1958), mas passou a voltar suas energias cada vez mais para o teatro — adaptando *A harpa de ervas* para o palco e escrevendo o musical *House of Flowers* (1954) — e o jornalismo, do qual os primeiros exemplos são *Local Color* (1950) e *The Muses Are Heard* (1956). Fez breve incursão pelo cinema ao escrever o roteiro de *O diabo riu por último (Beat the Devil*, 1953), de John Huston.

O interesse de Capote pelo assassinato de uma família no Kansas o levou à prolongada investigação que serviu de base para *A sangue frio* (*In Cold Blood*, 1966), seu livro mais festejado e de maior sucesso. Ao "tratar um fato real com técnicas ficcionais", Capote pretendia criar uma nova síntese: algo que fosse ao mesmo tempo "imaculadamente factual" e uma obra de arte. Por mais indefinido que fosse seu gênero, a partir do momento em que começou a ser publicado em fascículos na *The New Yorker*, o livro fascinou um público leitor mais amplo que qualquer trabalho anterior do autor. O baile de máscaras no Plaza com que ele comemorou a conclusão de *A sangue frio,* fartamente divulgado, foi um evento paradigmático da década de 1960, e durante algum tempo Capote seria presença constante na televisão e em revistas, arriscando--se até como ator de cinema em *Assassinato por morte* (*Murder by Death*, 1976).

Ele trabalhou durante muitos anos em *Answered Prayers* (Orações atendidas), romance afinal inconcluso que deveria ser a decantação de tudo que observara na vida entre os ricos e famosos; um trecho publicado em *Esquire* em 1975 horrorizou muitos amigos ricos de Capote por revelar segredos íntimos, e ele se viu excluído do mundo que outrora dominava. Nos últimos anos de vida, o escritor publicou duas coletâneas de ficção e ensaios, *Os cães ladram* (*The Dogs Bark*, 1973) e *Música para camaleões* (*Music for Chameleons*, 1980). Morreu em Los Angeles a 25 de agosto de 1984, depois de anos de problemas com drogas e álcool.

Sobre o Truman Capote Literary Trust

O Truman Capote Literary Trust foi fundado por Capote por testamento, sendo o repositório de todas as suas obras. Seguindo as instruções do autor, toda a renda vinda do Trust é usada para financiar um prêmio anual para a melhor obra de crítica literária em língua inglesa, além de bolsas de estudo de escrita criativa, administradas por várias faculdades e universidades dos Estados Unidos. Paralelamente aos seus textos, o Trust representa verdadeiramente o legado vivo de Truman Capote, tanto criativa quanto financeiramente, para a comunidade literária que tanto amava.

Este livro foi composto na tipologia Adobe
Garamond Pro, em corpo 12/16, e impresso
em papel off-white no Sistema Cameron da
Divisão Gráfica da Distribuidora Record.